Akilah tanzt

Akilah tanzt

14 widergeistige Kurzgeschichten und Dialoge

von Brigitte Plath

Bibliografische Information
der Deutschen Nationalbibliothek:
Die Deutsche Nationalbibliothek verzeichnet diese Publikation in der Deutschen Nationalbibliografie; detaillierte bibliografische Daten sind im Internet über http://dnb.d-nb.de abrufbar.

Brigitte Plath
„Akilah tanzt"
© Brigitte Plath
Alle Rechte vorbehalten

Rechte für diese Ausgabe:
MA-Verlag, Stelle-Wittenwurth
ma-verlag@gmx.de
1. Auflage 2019

Satz. Layout und Umschlaggestaltung:
MA-Verlag
Bildnachweis: © MA-Verlag
Herstellung:
tredition GmbH, Halenreie 40-44, 22359 Hamburg

ISBN 978-3-925718-39-7

Es sind nicht alle lustig,
die tanzen.

(Sprichwort)

Inhalt

Akilah tanzt

Endlich war Kabir soweit und das Auto setzte sich in Richtung Stadtzentrum in Bewegung. Heute war Sibylles großer Tag. Kabirs Tochter würde zum ersten Mal als eins der jüngsten Mitglieder des Ballettensembles in der Hamburger Staatsoper auftreten. Kabir war so stolz auf Sibylle, daß er seine Mutter Akilah eigens zur Premiere aus seinem Heimatdorf in der Nähe von Agadir nach Hamburg geholt hatte.

Dabei reiste Akilah nur ungern in Kabirs nordische Wahlheimat. Der viele Stahlbeton, die grellen Lichter, die vor Elektrizität vibrierende Luft und die zahllosen, durch die Straßen hetzenden Menschen verursachten ihr Beklemmungen. "Aber Mutter, gerade du als ehemalige Tänzerin mußt dir doch ansehen, wieviel deine Enkeltochter gelernt hat", hatte Kabir am Telefon argumentiert. Vergeblich hatte Akilah versucht, es ihm auszureden: "Was ich gelernt habe, Junge, läßt sich mit Sibylles Ausbildung doch gar nicht vergleichen. Das ist eher eine Sache unter uns Frauen hier, nicht für großes Publikum. Außerdem kann Sibylle sich bestimmt kaum mehr an mich erinnern." -

"Ein Grund mehr, daß du kommst", war Kabirs leicht ungehaltener Kommentar gewesen. Dann hatte er aber versöhnlich hinzugesetzt: "Mama, ich weiß genau, daß die Leute früher sagten, dich tanzen zu sehen, wäre wie Honig für ihre Seele. Also mach dich nicht immer kleiner, als du ohnehin bist." Natürlich hatte Akilah das gern gehört, doch vor allem, weil sie ihrem Sohn nur schwer etwas abschlagen konnte, war sie schließlich auf seine Bitte eingegangen.

Nun saß sie in den weichen Polstern von Kabirs Auto, hielt ihre Handtasche auf dem Schoß fest umklammert und schaute aus dem Fenster. Wie immer am Abend herrschte auf Hamburgs Straßen dichter Verkehr. Geblendet von den vielen Scheinwerfern wandte Akilah den Blick nach innen, zurück in die Vergangenheit ...

Genau wie ihre Enkelin hatte auch sie schon in jungen Jahren zu tanzen begonnen. Doch anders als Sibylle, die mit fünf Jahren in eine Ballettschule eingetreten war, hatte Akilah lange für sich allein getanzt. Nur auf Familienfesten oder bei den Freundinnen ihrer Mutter hatte sie den älteren Frauen beim Tanzen immer wieder etwas abgeschaut. Vielleicht waren es diese für ein junges Mädchen beachtlichen Kenntnisse gewesen, die Akilahs Lehrerin Faizah schließlich überzeugten, sie als Schülerin anzunehmen.

Kein Meister des klassischen Balletts hätte Faizah mit ihren damals immerhin 52 Jahren als aktive Tänzerin noch ernst genommen. In der Kunst des orientalischen Tanzes hingegen galt eine Frau im allgemeinen erst ab diesem Alter als gereift genug, um auf ihrem Gebiet über nennenswerte Fähigkeiten zu verfügen. Schließlich war der Tanz vorislamischer Tradition eine der wenigen nur den Frauen vorbehaltenen Formen der Übermittlung eines Wissens, das sehr viel weiter reichte als mit sinnlich anmutenden Bewegungen ein vorwiegend männliches Publikum zu fesseln.

Schon bald nachdem Akilah von ihrer Lehrerin die ersten Unterweisungen erhalten hatte, wurde ihr klar, weshalb sich viele der religiösen Führer ihres Landes heute so energisch dafür aussprachen, die alte Tanzkunst der Frauen zu verbieten. Dabei spielte die vorgebliche Anstößigkeit des Tanzes für sie in Wahrheit nur eine Nebenrolle. Eigentlich ging es den betreffenden Imamen um etwas ganz anderes. Sie wußten, daß es sich beim Tanz in seiner ursprünglichen Form nicht um eine Vorführung, sondern um eine sehr direkte

Art des Gesprächs handelte, mit sichtbaren oder auch mit unsichtbaren Anwesenden. Und zwar ohne einen Gottesmann als Vermittler. Frauen wie Faizah und Akilah wußten um die Verzichtbarkeit des Priesterstandes und stellten ihn allein dadurch schon in Frage. Dazu kam noch, daß Frauen, die sich die Potentiale ihres Körpers erschlossen und sie zu nutzen verstanden, die Position der Imame als einflußreiche Männer grundsätzlich gefährden konnten. Viele Imame jedenfalls fürchteten das Wissen dieser Frauen, denn sie hatten ihm nichts entgegenzusetzen.

Akilah rückte ihre Handtasche auf dem Schoß zurecht und entspannte sich ein wenig. In ihrer Kindheit auf dem Lande war es häufiger vorgekommen, daß auf einer Familienfeier eine tanzkundige Frau die geladenen Gäste von ihren Ängsten und Sorgen und manchmal sogar von Krankheiten befreite, obgleich sie nur barfuß zu tanzen schien. Diese Frauen waren damals hoch geachtet. Heute jedoch liefen viele von ihnen Gefahr, als liederliche Personen oder gar Hexen grausam bestraft zu werden. Akilah wußte das und war entsprechend vorsichtig mit ihren Äußerungen, wenn es um die alte Kunst ging. Öffentlich zu tanzen wagten inzwischen nur noch die wenigsten, es sei denn, sie waren in ihrer Kunst so weit fortgeschritten, daß ihr Tanz für andere unsichtbar blieb und man lediglich eine Wirkung wahrnahm, für die dann irgendeine passende Erklärung gefunden werden mußte.

Ein Ruck und das schrille Kreischen einer Hupe brachten Akilah jäh wieder nach Hamburg in die Gegenwart zurück. Offenbar hatte jemand Kabir die Vorfahrt genommen. "Hey, du bist hier nicht in Tanger, du Hammelhirn!", fluchte er, um sich sogleich entschuldigend seiner Mutter zuzuwenden: "Keine Sorge, Mama, nichts passiert. Wir sind jetzt auch gleich da."

Der schwere Bühnenvorhang öffnete sich und gab den Blick auf eine mondbeschienene, baumumsäumte Lichtung frei, auf der sich eine Schar Waldelfen tummelte. Als Neuling im Ensemble war Sibylle selbstverständlich weiter hinten plaziert, doch ihr dunkler Teint und das tiefschwarze Haar machten es Akilah leicht, sie zu erkennen. Ohne zu wissen, daß das klassische Ballett ursprünglich zur Unterhaltung von Feldherren mit ihrer Vorliebe für Formationen und Unterwerfungsposen ersonnen worden war, empfand Akilah das Dargebotene ganz unwillkürlich als eine Art Abrichtung. Was sie sah, versetzte ihr einen schmerzhaften Stich. Was taten sich diese jungen Leute an - und vor allem auch Sibylle? Es schien Akilah, als zelebrierten die Tanzenden geradezu den Mißbrauch ihrer Körper, ganz als wären sie davon überzeugt, daß das gewaltsame Zerstören ihrer natürlichen Bewegungen ein Merkmal edler Gesinnung wäre.

Akilah schauderte. Diese befremdliche Tanzkunst paßte allzu gut zu dem Stahlbeton, den grellen Lichtern und den dahinhetzenden Menschen in dieser Stadt. Und die Tänzerinnen und Tänzer gefielen sich offenbar noch darin. In Mimik und Körperausdruck eigentümlich starr und abweisend, ja beinahe feindselig, und trotz vollkommener Übereinstimmung ohne jede Verbundenheit miteinander, ergingen sie sich in Verdrehungen und strapaziösen Streckungen ihrer Gelenke und Gliedmaßen. Daß sie dabei ausgerechnet Elfen darzustellen versuchten, die in Akilahs Vorstellungswelt frei von jeglicher Gestelztheit waren, hob das Erzwungene der Tanzbewegungen noch besonders hervor. Wohl verstand Akilah die Absicht, Bewegungsfreiheit und -freude darzustellen, doch weil sie selbst beides für sich in höchstem Maße zu verwirklichen wußte, tat ihr die Hilflosigkeit dieser Nachahmungen doppelt weh.

Gerade trippelte Sibylle in vollendeter Spitzentanztechnik den Bühnenrand entlang. Mit ihrem bewegungserfahrenen Blick sah Akilah, daß die Verwendung der unnatürlichen Fußbekleidung, die den Eindruck schwerelosen Dahingleitens vermitteln sollte, einen hohen Preis hatte. Denn ebenso kläglich, wie die Berührung eines anderen Menschen mit zusammengeschnürten Fingern ausfallen würde, so eingeschränkt waren Sibylles Füße darin, mit dem Boden Kontakt aufzunehmen. Gerade weil dieser Bodenkontakt aber für alle Tanzbewegungen enorm wichtig war, war beispielsweise beim altorientalischen Tanz das Barfußgehen Brauch. Sibylle war offensichtlich durch ihre frühzeitige Spitzentanzausbildung der Zugang zu körperlichen Möglichkeiten erschwert, deren Wert allerdings nur jemand kannte, der mit Akilahs Augen sah. Ihr tat Sibylle in ihrem Bemühen, das Trugbild einer Leichtigkeit zu erzeugen, die tatsächlich zu verwirklichen sie dem Mädchen von ganzem Herzen gegönnt hätte, unendlich leid.

Langsam verdunkelte Zorn Akilahs Blick. Sie schaute Kabir an, der hochaufgerichtet vor Stolz neben ihr saß und dessen Gesicht eine Genugtuung widerspiegelte, die ihren Groll nur noch wachsen ließ. Nie war ihr der eigene Sohn so fremd erschienen wie in diesem Moment. Immer stärker loderte der Zorn in ihrem Herzen auf. Mit einer fließenden Bewegung erhob Akilah sich, den Blick unverwandt auf die Bühne gerichtet. Wegen ihrer kleinen Statur nahm man in ihrer Umgebung kaum davon Notiz. Die Waldelfen hatten sich unterdessen zu einem Reigen formiert, zierlich trippelnd, die kindhaft dünnen Ärmchen erhoben, und bogen sich einheitlich in den handspannen-schmalen Taillen.

Doch was geschah nun? Unvermittelt, wie auf ein geheimes Zeichen, wurde der Tanz sichtlich bodennäher, belebten sich die bleichen Finger, entspannten sich die Bäuche, verloren die Gesichter das Maskenhafte, ersetzte ein warmes Leuchten die unbeteiligten Blicke und fingen die mechanisch lächelnden Münder an, selbstvergessen und froh zu lachen. Doch damit nicht genug: Spitzenschuhe wurden abgestreift, Haarknoten gelöst, enge Mieder aufgezerrt. Zugleich erschienen die Bewegungen der Elfenschar auf einmal freier, ausdrucksstärker und auf eine Weise eigenwilliger, die keineswegs mit der Auflösung des Reigens einherging. Ganz im Gegenteil. Der Reigen als Akt der Geschlossenheit, den jede Choreographie nur sinnbildlich andeuten konnte, kam jetzt erst zu seiner eigentlichen Wirkung als geradezu überwältigender Verbund geballten Freiheitsdrangs und entfesselter Lebensfreude.

Längst hatte das Publikum sich von den Stühlen erhoben, mitgerissen von dem, was auf der Bühne geschah. Als die ersten versuchten, die Bühne zu erklimmen, zweifellos, um sich dem ausgelassenen Treiben dort anzuschließen, fiel rauschend der Vorhang. Es folgte eine Viertelstunde stehender Ovationen. Nur Akilah hatte sich wieder gesetzt. Nachdem sich trotz energischer Forderungen von seiten des Publikums aus dem Ensemble niemand mehr zeigte, strebten die ersten Zuschauer allmählich den Ausgängen zu. An der ungewöhnlichen Kürze dieser tänzerischen Darbietung schien sich allgemein niemand zu stören. Selten hatte das Opernhaus ein so frohgestimmtes, gelöstes Publikum entlassen.

"Konntest du von deinem Platz aus nicht genug sehen?" fragte Kabir später ein wenig besorgt seine Mutter, die an seiner Seite im Publikumsstrom dem Ausgang zustrebte. "Hattest du dich deshalb hingestellt?" Er war sich sicher, sich inmitten der aufgeräumt lärmenden Menschen verhört zu haben, als sie ihm zur Antwort gab: "Nein, Kabir. Ich habe getanzt."

Der Park

Lärmender Berufsverkehr brandet um den winzigen, von staubigen Rhododendron- und Haselsträuchern eingefaßten Park. Weshalb habe ich ihn vorher nie bemerkt? Ich muß doch oft hier vorbeigegangen sein. Unkraut wuchert unter den Büschen hervor bis auf den Gehsteig. Zwischen Rainfarn und Wegerich liegt eine schmutzigrote Kindergeldbörse. Gedankenverloren bücke ich mich danach und stecke sie ein, während ich durch den schmiedeeisernen Torbogen zögernd den Park betrete. Inmitten einer ungepflegten Grasfläche erhebt sich ein flacher Hügel mit zwei knorrigen, in schlängelnder Umarmung erstarrten Eichen. Ungeachtet der großstädtischen Geschäftigkeit ringsum geht von den Bäumen eine gebieterische Präsenz und geballte Vitalität aus, so als wären nicht sie, sondern die benachbarten Bürohochhäuser, Wohnblocks und Straßenzüge verblassende Relikte einer vergangenen Epoche.

Der Park ist menschenleer, ein zu dieser Morgenstunde für einen Park eher ungewöhnlicher Umstand. Die Grünanlagen, die ich sonst gelegentlich aufsuche, sind um diese Zeit, wenn auch nicht von Liebespaaren, so doch von gassigehenden Hunden nebst Besitzern und Vor-der-Arbeit-Joggern bevölkert. Doch hier - nichts dergleichen. Ich bin der einzige Besucher. Und genau so ist es mir recht.

Ohne Eile steuere ich auf die Bank zu, die ich, nachdem ich den Hügel halb umrundet habe, hinter einem der beiden dicken Eichenstämme entdecke - eine auf zwei Findlingen ruhende Steinplatte. Beim Niedersetzen drückt mich das Medizinfläschchen in die Seite, als wollte es mich erinnern, weshalb ich es mitgenommen habe. Aber ich lasse mich nicht drängen. Unter den teils abgestorbenen und dennoch wie von einer unerklärlichen Kraft durchdrungenen Ästen der Eichen wird mir seltsam feierlich zumute. Eine Empfindung, die so gar nicht zu der sonst in mir vorherrschenden, papiertrockenen Leere passen will, zu deren Beendigung ich das Medizinfläschchen eingesteckt und einen ungestörten Ort wie diesen aufgesucht habe.

Über mir landet mit wildem Gekrächz ein Krähenschwarm. Doch ihre lautstarke Anwesenheit läuft der Stimmung unter den Bäumen nicht zuwider. Ganz im Gegenteil. Gerade die Ungefälligkeit ihrer Lautäußerungen und ihr rußschwarzes

Gefieder bekunden eine Unversöhnlich-keit, die der trutzigen Gestalt der Bäume sonderbar entspricht. Nach längerem Hinaufschauen kann ich mehrere Nester ausmachen. Sie hängen dort wie Haar-kletten in den Zweigen. Einige der finste-ren Gesellen blicken halb abschätzig, halb belustigt auf mich herab. Unverhofft fühle ich mich in ihr heiseres Geschwätz eingebunden, ja mir erwächst in der Kehle so etwas wie der törichte Drang, meinerseits ähnlich krächzende Laute auszustoßen. Bevor es dazu kommt, sen-ke ich den Kopf. Jedoch nur, um in den Blick eines anderen Parkbewohners ein-zutauchen, der in einiger Entfernung vor einem Holunderstrauch hockt und mich eindringlich mustert. Fast habe ich das Gefühl, er würde mich kennen. Zunächst halte ich ihn für einen streunenden Hund. Doch dann sehe ich die buschige Rute und mir wird klar, daß es sich um einen Fuchs handelt. Gemessen hebt er den Kopf und schaut auf zu den Wipfeln der Eichen.

Wie selbstverständlich folge ich seinem Blick. Die Krähen sitzen nun vollkommen still. Selbst die Blätter der Eichen haben aufgehört, zu rascheln. Eine fast greifbare Ruhe beginnt, mich mit dem Fuchs, den Krähen und den beiden Bäumen zusammenzuschließen. Was ich Ruhe nenne, hat allerdings mit jener mondkrateröden Leere, die zu empfinden ich keinen Tag länger ertragen kann, nicht die geringste Gemeinsamkeit. Vielmehr gleicht die von den beteiligten Wesen ausgehende Laut- und Reglosigkeit eher dem stetigen Schwinden sämtlicher Distanzen und ich fühle mich geborgen darin, wie sich wohl ein Ungeborenes im Fruchtwasser fühlen muß. Mehr Nähe, mehr Sinn, mehr Erfüllung sind für mich nicht vorstellbar. Warum also sollte ich dies jemals unterbrechen? Was sollte mich drängen, das von mir unbedingt noch zu Ende gebracht werden muß? Schließlich trage ich ein Medizinfläschchen in der Tasche, das ohnehin das Ende meiner Welt bedeutet hätte. Bin ich nicht gerade an diesem Morgen so frei wie nie zuvor, vollkommen andere Wege zu beschreiten? Warum also diese Unruhe, diese unbestimmte Ahnung, irgend etwas nicht erledigt zu haben?

Unversehens fällt es mir ein. Nur eine winzige Kleinigkeit. Ein wirklich lächerliches Detail. Eigentlich nicht bedenkenswert. Und doch. Die rote Kindergeldbörse in meiner Hosentasche. Ich sollte sie dort wieder hinlegen, wo ich sie gefunden habe. Am Eingang des Parks. Damit das

Kind, das sie verloren hat, sie wiederfinden kann, wenn es danach sucht.

Kurzentschlossen löse ich mich - der Fuchs, die Krähen und die Bäume wissen, es dauert nur einen Augenblick - aus dem Verbund und strebe eilig dem Ausgang des Parks zu. Als ich durch das Tor trete und die Geldbörse am Fundort ablegen will, hockt dort ein verwahrlost aussehender Mann, neben sich eine geöffnete Bierdose. Dort kann ich die Börse also nicht ablegen. Ich schaue sie mir genauer an und sehe auf der Rückseite eine Adresse. Die Straße kenne ich, sie ist gleich um die Ecke. Als ich mich dorthin in Bewegung setze, höre ich im Park die Krähen schreien.

Ich beschleunige meinen Schritt. Der Gedanke, daß ich im Park hätte bleiben sollen, treibt mich voran. Als ich das Haus mit der betreffenden Anschrift erreicht habe, erklärt die Nachbarin mir, daß die Familie jetzt drei Wohnblocks weiter wohnt. Mir reicht es jetzt. Mit einer fadenscheinigen Begründung dränge ich ihr die Geldbörse auf und eile im Laufschritt zum Park zurück.

Mit wachsender Ungeduld haste ich an Hochhäusern und Tankstellen, Dönerbuden und Wohnblocks vorbei - aber wo ist der Park? Ich muß den unscheinbaren Eingang in der Eile wieder verpaßt haben. Also laufe ich zurück. Habe ich die Straße verwechselt? Sämtliche Passanten, die ich nach einem kleinen Park in dieser Gegend frage, zucken die Achseln. Ich überprüfe jede Einfahrt, umrunde jedes Gebäude, durchsuche selbst die angrenzenden Straßen. Nichts. Kein Park. Auch von den Krähen ist nichts mehr zu hören.

Seither suche ich. Doch nur ein einziges Mal entdecke ich eine Spur. Ungefähr dort, wo meinem Gefühl nach die Geldbörse gelegen haben muß, liegt eine aufgeweichte Stadtteilzeitung mit der Schlagzeile: Bürger aufgepaßt - Der Fuchs ist in der Stadt!

Die Zurechtweisung

"Weia! Waga! Woge, du Welle!" Voller Enthusiasmus rezitierte Merloff die wagnerschen Strophen, während er, wie so oft, gestikulierend den schmalen, halb zugewachsenen Weg hinter dem Tierpark entlangschritt. Naturgemäß war er als Dichter und Musiker fasziniert von der Wirkmächtigkeit des Zusammenspiels menschlicher Worte und klanglicher Ausdruckskraft, vornehmlich der eigenen.

Zwei Wegbiegungen weiter ging er, die den Weg säumenden Holunderbüsche als Zuschauer adressierend, zum "Prolog im Himmel" über, wie er ihn in Dornach kürzlich so eindrucksvoll dargeboten bekommen hatte. "Die Sonne tönt nach alter Weise in Brudersphären Wettgesang", deklamierte er, seiner Überzeugung nach höchst eindrücklich, mit Pathos und ausholendem Gestus vor seinem blattgrünen Publikum. Vielleicht hätte er die Elster, die bei "und ihre vorgeschrieb'ne Reise vollendet sie mit Donnergang" im dichten Gesträuch in ihr arttypisches, keckerndes Lachen ausbrach und gar nicht mehr aufhören konnte, nicht einfach ignorieren sollen ...

Besagter Tiergartenweg, obgleich er durch einen Stadtteil unweit der Stadtmitte verlief, war in den frühen Abendstunden einsam genug, um sich dort ungestört solcherlei Exaltiertheiten hingeben zu können. Durch puren Zufall hatte Merloff diesen Weg entdeckt, als er eines Sonntags, auf der Flucht vor lärmenden Tiergartenbesuchern, in die Schatten zweier Holundersträucher eingetaucht war. Er hatte dem Weg zunächst nur ein paar Schritte folgen wollen, war dann aber seiner wildverwachsenen Verschwiegenheit verfallen und ihm bis an sein Ende am Rande einer verwahrlosten Grünanlage gefolgt. Zu diesem Zeitpunkt hatte Merloff noch nicht geahnt, daß ihn, zumindest was seine Kunst betraf, auf eben diesem Wege bald sein Schicksal ereilen sollte.

Das geschah denn auch an einem wolkenkühlen Juniabend zwischen den betörend duftenden Holunderbüschen am Wegesrand. Und zwar war Merloff, der sich nach einem aufsehenerregenden Erfolg beim Vortragen eines seiner dichterischen Werke künstlerisch auf gutem Wege wähnte, gerade mit der genüßlichen Nachbereitung einer Schlüsselszene eben dieser Arbeit beschäftigt.

Unweit einer in unmittelbarer Nähe zum Tierparkbereich verlaufenden Wegstrecke trat er, seinem Dichterwerk getreu in Wort und Gebärde ganz siegreicher Recke, einem feuerspeienden Drachentier entgegen, das behelfsweise durch einen verrotteten, aus dem Dickicht ragenden Eschenast vertreten wurde. Im Angesicht des Ungeheuers entließ Merloffs Recke nun ein, wie er zutiefst überzeugt war, archaisches Urgebrüll in den dämmrigen Abend.

Möglich, daß seine Lautäußerung bis hinüber ins nahe Löwengehege auf dem Tierparkgelände gedrungen war. Doch wie dem auch sei, einer der dort gefangengehaltenen Löwen, der sich vor dem Besucherstrom in den hintersten Teil des Geheges zurückgezogen hatte, erinnerte sich zu selbigem Zeitpunkt längst vergangener Abende in der Weite der kenianischen Savanne. Er vergaß dabei vollständig, ein zur Publikumsunterhaltung versklavter, in dumpfem Schmerz vor sich hindämmernder Aktivposten des städtischen Tiergartens zu sein. In dem Augenblick, als er brüllte, war er frei.

Bevor Merloff - er stand immer noch in Reckenpose - das Brüllen des Löwen in unmittelbarer Nähe akustisch wahrnahm, ließ es ihn bereits vom Erdboden her erstarren als eine Art Vibration oder ein Beben, das an Urgewalt einem sich ankündigenden Erdstoß nicht unähnlich war. Merloff standen die Haare zu Berge, die seiner Spezies als kümmerliche Rudimente ehemals zottigen Fellwuchses geblieben waren. Die sogleich folgende, schier unerträgliche Steigerung dieser Vibration zu einer als Donnern eigentlich sehr verharmlosend beschriebenen Gewaltentfesselung nahm nicht erst den Umweg über Merloffs Gehörgänge, sondern drang über besagte Härchen, die sich natürlich auch im Ohr befinden, direkt und vollkommen ungefiltert in sein Nervensystem ein. Nur durch den Lautstärkeeinfluß wäre auch Merloffs Paralyse, von der sein Darm in höchst unangenehmer Weise ausgenommen war, nicht zu erklären gewesen, zumal es in der Stadt des öfteren sehr lautstark zuging. Erst eine ganze Weile, nachdem der Löwe stumm in seine Tierparklethargie zurückgesunken war, löste sich Merloffs Erstarrung und ging in ein minutenlanges, von Kälteschauern begleitetes Muskelzittern über.

Schwerer noch als Merloff selbst war sein kühner Recke von der unmißverständlichen Lautgabe des Löwen betroffen: Eben noch sieghafter Held, dessen Stimmvolumen und raumgreifende Präsenz dazu angetan war, einen Drachen das Fürchten zu lehren, war er unversehens auf das Format eines hilflos piepsenden Nestlings zusammengeschrumpft. Schlagartig war er sich seines dilettantischen Nachäffens einer längst verlorengegangenen oder, schlimmer noch, von Menschen nie erreichten Urverbundenheit bewußt geworden. Und diese Erkenntnis kam einer Wunde gleich, die sich bei ihm auch nach Verlauf mehrerer Monate nicht wieder schließen wollte.

Merloff blieb schließlich keine andere Wahl, als seinen Recken gänzlich aus allen Dichterwerken zu streichen und an seiner Statt den zwar nicht halb so beeindruckenden, doch dafür aufgrund seiner Anpassungsschläue umso zählebigeren Hanswurst einzuführen.

Diese Augen

"Nimm es weg! Um Gottes Willen, nimm es weg! Es soll mich nicht so anschauen!" Die Stimme der Bäuerin überschlug sich. Hätte Martha nicht so schnell zugepackt, wäre das Neugeborene über die Bettkante hinunter auf die Holzdielen der Schlafkammer gestürzt. "Diese Augen", kreischte die Bäuerin, "was sind das für Augen?"

Martha, die Dorfhebamme, wurde bleich. Das hier konnte böse enden. Besonders für das Kind. Sie hatte so etwas schon einmal erlebt. Es war lange her, doch immer noch krampften sich ihre Eingeweide zusammen, wenn sie daran dachte.

"Das sind Teufelsaugen!", stieß die Bäuerin schluchzend hervor und schien damit Marthas schlimmste Befürchtungen bestätigen zu wollen. "Teufelsaugen!" Mühsam stemmte sie sich aus den Kissen empor und blickte wild um sich. "Das ist nicht mein Kind. Wo habt ihr mein Kind? Gebt mir mein Kind!" Verzweifelt zerrte sie an den Laken.

Als erfahrene Hebamme hatte Martha das Kind der Bäuerin bereits über Gebühr lange gebadet und gewickelt, um der jungen

Mutter ein Kind mit jenem Unschulds-
blick in den Arm legen zu können, der sofort das Mutterherz einnahm. Doch wie
es nach Entbindungen manchmal vor-
kommt, hatte dieses kleine Wesen in seinen Augen noch das uralte Wissen und
die unergründliche Tiefe jener vorgeburt-
lichen Sphären, derer gewahr zu werden
die meisten Menschen sich grausten.
Während sich für gewöhnlich schon bei
der Niederkunft der blaue Schleier des
Vergessens über diesen Abgrund im
kindlichen Blick breitete, ließ bei diesem
Neugeborenen die entsprechende Veränderung auf sich warten. Was immer jenseits von Geburt und Tod des Menschen
lag, etwas davon blieb in diesen Kin-
deraugen verstörend offenbar.

Unterdessen war die Mutter der Bäuerin
an Marthas Seite getreten, schob sacht
das Wickeltuch beiseite und schaute mit
begütigendem Lächeln in das winzige,
gerötete Säuglingsgesicht. Die geschlosse-
nen Lider des Kindes verschwanden beinah in den Runzeln, die noch von den
Anstrengungen des Geborenwerdens
kündeten. Als die Alt-Bäuerin zärtlich mit
der Zunge schnalzte, öffnete das Kind die
Augen. Die Frau erstarrte, wandte sich
schroff ab und bekreuzigte sich hastig.
"Jesus, Maria, ein Wechselbalg!" Damit

war es ausgesprochen. Dieses Wort hatte Martha fürchten gelernt. "Ich werde den Herrn Pfarrer holen", flüsterte die Alt-Bäuerin beklommen. "Nein", widersprach Martha ohne lange zu überlegen. "Es ist besser, wenn ich das Kind gleich selbst ins Pfarrhaus bringe, damit es der armen Mutter aus den Augen kommt und sie nicht allein hier liegenbleibt." Ohne eine Antwort abzuwarten, wickelte sie das Kind fest in eine Decke und verließ mit ihm kurz darauf das Haus.

Es mochte an die dreizehn Sommer her sein, als bei dem Neugeborenen, das Martha auf die Welt geholt hatte, derselbe Verdacht aufgekommen war. Wechselbalg. Damals wie heute war der beklemmende Blick des Kindes Auslöser für den folgenschweren Verdacht gewesen. Und auch damals hatte man sogleich nach dem Pfarrer geschickt. Bis heute bereute Martha ihre damalige Willfährigkeit jeden Tag.

Seinerzeit hatte der Gemeindepfarrer, der sich als überzeugter Vertreter lutherischer Auffassungen erwies, als es um den Wechselbalgverdacht ging, das vermeintlich "böse Ding" zu vertreiben versucht, um dem "richtigen Kind" wieder zum Erscheinen zu verhelfen. Zu diesem Zweck hatte er, einschlägigen kirchlichen Anweisungen folgend, das Neugeborene mit kochendem Wasser verbrüht. Als sich der Blick des herzzerreißend schreienden Säuglings jedoch nicht läutern wollte, ertränkte der heilige Mann schließlich das nach Lutherlehre "seelenlose Fleisch" in einem Waschzuber.

Martha, die im Vorzimmer hatte warten müssen, hörte noch, wie der Pfarrer den Hausknecht anwies, die Überreste seiner vergeblichen frommen Bemühungen auf dem nachbarlichen Misthaufen zu vergraben. Sie hatte sich auf Weisung des Pfarrers hin bereithalten sollen, um gegebenenfalls das geläuterte Kind der Mutter zurückzubringen. Doch bereits als sie die Schreie des Säuglings hörte, hatte sie geahnt, daß etwas Schreckliches geschehen war. Als es ihr dann zur Gewißheit wurde, schloß sie im stillen mit dem christlichen Glauben ab. Aber sie konnte sich nie verzeihen, als Überbringerin des Kindes, wenn auch ungewollt, an der grausamen Tat beteiligt gewesen zu sein.

Nun sollte Martha zum zweiten Mal ein Neugeborenes als vermeintlichen Wechselbalg einem Pfarrer überantworten. Doch diesmal gehorchte sie allein ihrem Gewissen. Das Kind behutsam im Arm haltend, umging sie das Pfarrhaus in weitem Bogen und schlug den Weg zu ihrer eigenen Kate ein. Bis zum anderen Morgen würden die Bauersleute das Kind in der Obhut des Pfarrers wähnen und gewiß nicht nach ihm fragen. Und in dieser Zeit konnte viel geschehen. Der Blick des Kindes konnte sich endlich wandeln, so daß die Mutter es ohne weiteres in ihr Herz schließen würde. Doch sollte dies nicht geschehen, blieben Martha immerhin noch etliche Stunden, um das Neugeborene irgendwie vor seinen frommen Mördern in Sicherheit zu bringen.

Zuhause angekommen, setzte sie sich auf den Lehnstuhl am Fenster. Das Kind hielt sie im Schoß, das sie jetzt unverwandt ansah. Auch wenn es ihr keineswegs leichtfiel, wich sie seinem Blick nicht aus. Einem Blick, der keinen Fokus besaß und der doch oder gerade deswegen vollkommen ungehindert bis in ihr tiefstes Inneres drang. Etwas ungeheuer Starkes, ganz und gar unkindlich Kompromißloses lag in diesen Augen. Einen Moment lang fühlte Martha sich wie eine Strohpuppe, die ihrem beseelten Original gegenüberstand - so leblos und starr, so bar jeglicher Tiefe.

Nur ihre Entschlossenheit, um keinen Preis zurückzuweichen und somit ihrer

lauernden Furcht Raum zu geben, be-
wahrte Martha davor, sich abzuwenden.
Schon meinte sie, in der Tiefe dieser ural-
ten Augen gänzlich verlorenzugehen, als
ihr klar wurde, daß deren Blick ihr in einem seltsamen Widersinn zu ihren vor-
dergründigen Empfindungen Halt zu
geben begann. Aus dem anfänglichen
Schrecken, alle Substanz zu verlieren, er-
wuchs ihr allmählich körperlich die Gewißheit, daß Substanz nicht notwendig
war. Allein, daß sie nicht wich, war Be-
ständigkeit genug. Mehr bedurfte es nicht.
Und mehr durfte es auch nicht sein.

Als das Kind schließlich die Augen schloß
und einschlief, war von Marthas anfäng-
licher Furcht nichts mehr zurückgeblie-
ben. Das Kind schien jedoch nicht
wirklich zur Ruhe zu kommen. Die kleinen Hände ballten sich zu Fäusten, die
Beinchen spannten sich, als setzten sie
sich gegen einen unsichtbaren Feind zur
Wehr. Auch die Furchen auf der Stirn
wurden tiefer. Erst allmählich wichen
diese Anzeichen innerer Erregung einer
tiefen Entspanntheit.

Zwei Stunden später, als das Kind aus
diesem Schlaf erwachte, war sein Blick
nicht mehr derselbe. War es überhaupt
noch dasselbe Kind? Nie erschien Martha

die Bezeichnung "Wechselbalg" nachvollziehbarer als in diesem Augenblick. Voller Staunen und Neugier schaute dieser Säugling um sich und bedachte Martha mit einem jener strahlend blauen Blicke, deren Arglosigkeit und bedingungsloser Zuversicht kaum jemand widerstehen konnte. Doch gegenüber dem dunklen, unerschütterlich wissenden Blick, der dem Kind zuvor eigen gewesen war, empfand Martha diese Bekundung kindlicher Einfalt beinah als entwürdigend. Der Gegensatz war einfach zu groß.

Martha, die immer schon Kinder geliebt hatte, schämte sich, sich eingestehen zu müssen, daß ihr der erwartungsfrohe Blick des Säuglings jetzt geradezu verblödet erschien. Was war über sie, was war über das Neugeborene gekommen? Was kam über alle Neugeborenen und machte aus weisen, souveränen Wesen solche wahllos nach Welterfahrung gierenden Niedlichkeiten?

Als Martha sich für den Weg zu den Bauersleuten rüstete, um ihnen ihr "richtiges" Kind wiederzubringen, verspürte sie keine Freude. Vielleicht, weil sie wußte, daß etwas sehr Wichtiges, was dieses Kind mit auf die Welt gebracht hatte, bereits verlorengegangen war.

Die Rechthaber

Als das Tropendämmer langsam aus dem Busch ans Ufer kroch, kamen selbst die Gnus und Buschböcke zum Trinken an den See, die sich in dieser Gegend sonst wohlweislich verborgen hielten. Scharen grellbunt gefiederter Vögel kreisten auf der Suche nach einem Schlafplatz über den Baumwipfeln. Es würde eine Weile dauern, bis ihr Geschrei in die gelegentlichen, schläfrig-nörgeligen Rufe überging, die unwiderruflich die Nacht ankündigten, in deren bodenloser Schwärze schließlich jeder Laut versank.

Von der Mahagoniholzveranda seiner Villa direkt am Tanganjikasee genoß Gustav Franke, ehemaliger Fähnrich in Lettow-Vorbecks Deutscher Schutztruppe und nun wohlhabender Elfenbeinhändler, die Nachtvorbereitungen der ostafrikanischen Fauna wie ein liebgewonnenes Bühnenstück. Dabei war es weniger die Farbenpracht des Naturschauspiels, die den passionierten Jäger immer wieder neu begeisterte, als die Üppigkeit des Wildbestandes, der sich seinen Blicken darbot.

Bereits seit einer Woche war der Anthropologe und reputierliche Afrikaforscher Hartger von Weiden bei Franke zu Gast. Gemeinsame Studentenjahre in der Heidelberger Burschenschaft und die Freude an der Großwildjagd begründeten ihre langjährige Freundschaft. Darüber hinaus verband sie das Anliegen, den unzivilisierten Völkern Deutsch-Ostafrikas die Grundkenntnisse und Errungenschaften abendländischer Kultur nahezubringen, damit die Verwaltbarkeit der Kolonie nicht länger an so einfachen Dingen wie fehlendem Zahlenverständnis oder schlichtem Analphabetismus scheitern mußte.

Eben kam von Weiden darauf zu sprechen, daß die Durchsetzung eines einheitlichen Rechtssystems nach deutschem Vorbild für die gesamte Kolonie ein unverzichtbarer Schritt wäre, um die steinzeitlichen Klan- und Stammesstrukturen der Völker der Region zugunsten eines zentral regierbaren Staatswesens zu überwinden.

Gustav Franke nickte dazu beifällig: "Der rechtschaffene Deutsche kann sich kaum vorstellen, daß hierzulande praktisch jeder Kral seine eigenen abstrusen Gesetze hat, die mitunter auf höchst abenteuerliche Weise zur Anwendung gebracht werden."

"Es dürfte ein hartes Stück Arbeit werden", dozierte Hartger von Weiden, "diesen Wilden einen individuellen Schuldbegriff als Grundlage einer vernünftigen Rechtsordnung auch nur annähernd plausibel zu machen."

Er blies den Rauch seiner Havanna angelegentlich in einen im Abendlicht vorüberschwirrenden Mückenschwarm, ehe er fortfuhr: "Erst kürzlich habe ich einen Fall dokumentiert, der eine geradezu exemplarische Studie darstellt, wie hoffnungslos unterentwickelt das Rechtsbewußtsein vieler Eingeborener ist. Allein schon die Tatsache, daß die Stammesältesten, die im Streitfall oft zu Rate gezogen werden, zumeist mit den Beschuldigten verwandt und daher eigentlich immer befangen sind, läuft dem klaren Gerechtigkeitsempfinden von unsereinem gänzlich zuwider. Wie gesagt, in meiner Studie -"

"Klingt nach einer typischen Von-Weiden-Unternehmung", Franke hob sein Weinbrandglas von dem filigran geschnitzten Elfenbeinuntersetzer und trank dem Freund aufmunternd zu. "Nun erzähl schon, oder muß ich erst dein nächstes Buch abwarten?" Mit einer scheuchenden Geste verhinderte er, daß der Hausboy ausgerechnet in diesem Moment eine

Schale mit gekühlten Mangostücken servierte.

"Bewahre, Gustav, das Buch will erst geschrieben sein", lachte von Weiden geschmeichelt. "Bis ich mit der Kategorisierung fertig bin, wird noch viel Wasser den Sambesi - na, du kennst mich alten Pedanten ja. Also nimm vorerst mit dem mündlichen Bericht vorlieb." Er nahm einen Schluck Weinbrand und legte seine Zigarre, nachdem er genüßlich noch ein paar Züge gepafft hatte, in den beinernen Aschenbecher aus der Hirnschale irgendeines von Gustav Franke erlegten Menschenaffen.

"In besagtem Stamm", hub er darauf an, "es handelte sich um eine Gruppe dieser affengesichtigen Waldnomaden, die unsere Vorfahren hierzulande mit einiger Berechtigung, wie ich meine, auch für solche hielten, hatte es Streitigkeiten gegeben. Einer der Jäger hatte einen anderen beschuldigt, absichtlich seinen besten Jagdpfeil zerbrochen zu haben." Von Weiden hob Einhalt gebietend die Hand, obgleich Franke gar keine Anstalten gemacht hatte, ihn zu unterbrechen. "Aus unserer Sicht eine Bagatelle, Gustav, doch bei den Wald-

42

wichten zog die Angelegenheit ihre Kreise und sorgte innerhalb des Stammes nachhaltig für Zwietracht."

"Würde jemand den Lauf meiner Elefantenbüchse verbiegen, könnte ich auch ziemlich ungemütlich werden", tat Franke als passionierter Jäger sogleich seine Parteinahme kund.

"Und würdest den Täter selbstverständlich seiner gerechten Strafe zuführen wollen", ergänzte von Weiden. "Bei den Waldnomaden aber ereignete sich folgendes: Die Ältesten trommelten den ganzen Stamm von etwa 50 Leuten zusammen und stellten die beiden Verursacher der Unstimmigkeiten vor aller Augen einander gegenüber. Zuerst durfte der Beschuldigte sich zu dem Vorwurf äußern. Danach kam der angeblich Geschädigte zu Wort."

"Klingt doch durchaus vernünftig", warf Franke ein.

"Ja, so weit schon. Doch nun paß auf: Statt die Glaubwürdigkeit der beiden Aussagen zu überprüfen und etwaige Zeugen zu finden, stellten die Ältesten jedem der beiden Kontrahenten ein Stammesmitglied als Unterstützung an die Seite. Und zwar völlig willkürlich, stell dir vor, unabhängig von dessen persönlicher Meinung zu dem Fall. Wer dem Beschuldigten zugeteilt wurde, mußte zu dessen Rechtfertigung Argumente vorbringen, selbst wenn er ursprünglich von dessen Schuld überzeugt war. Wer dem Ankläger zugeteilt wurde, hatte entsprechend dessen Position zu vertreten.

"Ein Strafverteidiger ist vermutlich auch nicht immer von der Unschuld seines Mandanten überzeugt, obgleich er für ‚unschuldig' plädiert", gab Franke schulterzuckend zu bedenken.

"Ein wenig Geduld, Gustav, das Ganze nahm durchaus noch einen abstrusen Verlauf", wies von Weiden den Freund zurecht. "Nach und nach wurde jeder der Anwesenden einem der beiden Kontrahenten zugeteilt. Und weil die Eingeborenen Spiel und Ernst nicht auseinanderhalten können, wurde die jedem zugewiesene Rolle bald zu dessen ureigenster Sicht der Dinge. Statt der beiden Kontrahenten und deren Verwandschaft stritt nun der gesamte Stamm erbittert wegen eines zerbrochenen Pfeils. Beschuldigungen und Beschimpfungen aller Art wurden ausgetauscht. Das Gezänk war kilometerweit zu hören. Ich als Beobachter in unmittelbarer Nähe wunderte mich, daß es nicht zu Tätlichkeiten kam. Wo es doch eigentlich um Wahrheitsfindung hätte gehen sollen, wurde eine Art gemeinschaftliches Possenspiel daraus. Man muß sich das nur mal in einem deutschen Gerichtssaal vorstellen."

"Vermutlich wären die Zuschauerbänke dann voller", ironisierte Franke und hielt dem Hausboy, der sich nun diskret an der Verandatür bereithielt, wortlos sein leeres Glas hin.

Von Weiden beschäftigte sich umständlich mit seiner Zigarre, ehe er sich zurücklehnte und fortfuhr: "Wenn du jetzt glaubst, daß sie am Abend mit dem Klamauk aufhörten und schlafen gingen, liegst du völlig falsch. Es wurde die ganze Nacht hindurch verbissen weitergestritten. Und den darauffolgenden Tag. Niemand ging auf die Jagd, niemand bereitete eine Mahlzeit zu, niemand ging Wasser holen. Allen Beteiligten war die Sache inzwischen offenbar so wichtig, als hinge ihr Leben davon ab."

Frankes Gesicht spiegelte väterliche Belustigung wider.

"Du glaubst mir wohl nicht?", argwöhnte von Weiden.

"Doch, doch, durchaus. Jedes Wort", beruhigte Franke ihn. "Je abstruser deine Geschichte, mein Lieber, desto eher glaube ich sie. Schließlich befinden wir uns hier im Herzen Afrikas und nicht auf einer Jagdhütte im Odenwald."

"Dann glaubst du mir hoffentlich auch, daß sie noch geschlagene zwei Tage und Nächte weitergezankt haben. Natürlich wurden ihre Stimmen nach und nach leiser, weil Hunger und Erschöpfung ihren Tribut forderten. Doch alle blieben zusammen hocken, bis auch die allerletzte Beschuldigung vorgebracht und entsprechend von der Gegenseite auseinandergepflückt worden war", führte von Weiden weiter aus.

"Schon merkwürdig, in der Tat. Und was geschah mit dem Beschuldigten? Irgend jemand muß doch am Ende eine Entscheidung gefällt oder ein Urteil gesprochen haben." Erwartungsgemäß gab Franke sich mit der Schilderung so nicht zufrieden.

"Was sagt dir dein gesundes Rechtsempfinden?", forderte von Weiden ihn heraus.

"Ob sie ihn mit Honig bestrichen den Waldameisen vorgeworfen oder ihn zum Häuptling ernannt haben, alles ist bei denen möglich", zuckte Franke unwillig die Achseln. "Und einfallsreich sind sie auch. Schau dir nur den da an."

Er deutete auf den Hausboy, der erschrocken die Augen aufriß. "Seit ich ihm morgens beim Wecken einmal die Faust ins Gesicht gerammt habe, weil ich einen fürchterlichen Brummschädel hatte, weckt er mich, indem er mir kräftig auf den Zehnagel drückt. Eine wirksame Methode, und er ist dabei außer Gefahr. Aber zurück zu deinem Bericht. Wie ging die Sache aus?"

"Ich will dir sagen, was mit dem Beschuldigten geschah", erbot sich von Weiden gnädig. "Es geschah nämlich nichts."

"Wie, nichts?" Gustav Franke zog verständnislos die Augenbrauen in die Höhe.

"Nichts im Sinne von gar nichts. Nachdem alle an dem Klamauk Beteiligten eine Weile erschöpft geschwiegen hatten, schlug einer der Ältesten, die für das ganze Theater verantwortlich waren, völlig unvermittelt für den Abend ein Fest vor. Als wäre die Ursache für den Streit durch ihren Zankmarathon einfach aus der Welt geschafft worden. Und siehe da, sein Vorschlag wurde einmütig und begeistert angenommen. Alle Zwietracht war wie weggeblasen. Niemand fragte nach Schuld oder nach irgendeinem Urteil. Auch die beiden Kontrahenten nicht. Sie bereiteten sich friedlich miteinander plaudernd auf die Jagd nach dem Festbraten vor." Von Weiden öffnete die Handflächen in gespielter Ratlosigkeit gen Himmel. "Und jetzt komm denen mal mit dem Nutzen von Schuldfeststellung und Bestrafung."

"Aussichtslos." Franke teilte kopfschüttelnd von Weidens Einschätzung. Dabei schnippte er einmal beiläufig mit den Fingern und wies auf einen handspannenlangen Tausendfüßler, der gerade die Veranda überquerte. "Si, Bwana", beeilte sich der Hausboy beflissen, das Insekt über die Balustrade zu befördern.

Behaglich lehnte von Weiden sich in dem mit Leopardenfell bespannten Sessel zurück, von dessen Lehne träge zwei präparierte Tatzen herabbaumelten. "Übrigens ist es unserem Dolmetscher später gelungen, einen der Ältesten zu einer Erklärung zu bewegen."

"Ach ja? Die da wäre?" Die Angelegenheit schien Franke bereits zu ermüden, doch er wollte dem Erzähleifer des Freundes keinen Abbruch tun.

"Er versuchte uns klarzumachen, daß die beiden Kontrahenten nicht in der Lage gewesen wären, den Zwist ohne die Unterstützung aller anderen zu beenden. Zwietracht sei ein gefährlicher Dämon, behauptete er, und dieser hätte sich bereits im gesamten Stamm eingenistet."

"Sehr niedlich", warf Franke mit ein wenig cognacschwerer Zunge ein.

"Das Untier wäre immer wieder an irgendeiner Stelle aufgetaucht, verborgen hinter diesem oder jenem Anlaß. Es mußte mit vereinten Kräften aus der Welt geschafft werden."

Franke reckte sich und gähnte nun doch recht ungeniert. "Solange ihnen das gelingt", kommentierte er und zwinkerte dem Freund mit niederträchtigem Grinsen zu, "werden sie wohl kaum einsehen, daß unser Rechtswesen das weitaus bessere ist."

"Meinst du etwa, man müßte - ?", explorierte von Weiden leicht verunsichert.

"Ich meine, ja." Franke klang nun wieder wacher. "Manchmal muß das Alte erst beseitigt werden, damit in den Köpfen Platz für Neues entsteht." Er legte die Füße auf einen der Elefantenfußhocker, von denen mehrere die Veranda zierten. Beide schwiegen für eine Weile nachdenklich.

"Aber gestatte mir noch eine Frage, mein lieber Hartger", nahm Franke dann den Faden des Gesprächs noch einmal auf und deutete mit seinem neuerlich halb geleerten Glas in Richtung des Freundes. "Weshalb interessierst ausgerechnet du dich als renommierter Forscher für ein geistig und kulturell derart unterentwickeltes Volk? Als Arbeitskräfte sind die Leute doch ein Witz. Die begreifen noch nicht einmal, wer das Sagen hat, weil Rangordnungen für sie ein Buch mit sieben Siegeln sind."

"Nun ja", dehnte von Weiden, "das liegt wohl vor allem daran, daß man in einigen Londoner Salons und in der Folge auch in maßgeblichen Forscherkreisen von ihnen spricht. Gerade diesen Primitiven wird eine Abnormität nachgesagt, deren viel diskutierte Ursache aufzudecken bisher niemandem plausibel gelungen ist, weil es uns als zivilisierten Menschen trotz bestem Bemühen schwerfällt, uns in ihr urinstinktliches Verhalten einzudenken.

"Was denn für eine Abnormität? Fressen sie gelegentlich ihre Feinde? Stellen sie aus getrockneten Kinderherzen Talismane her?" gab Gustav Franke dem Freund

50

zu verstehen, daß er so leicht nicht zu verblüffen war.

"Seltsamer noch." Von Weiden blickte stirnrunzelnd in die nachtschwarze Stille, die die Veranda mittlerweile wie ein schwerer Vorhang umschloß. "Sie führen niemals Krieg."

Welch ein Frieden

Als der Hunger begann, ihm den Schlaf zu rauben, kroch er bäuchlings aus seinem dornenbewehrten Versteck. Lange Zeit starrte er argwöhnisch in das Dunkel, das immer wieder von gierig tastenden Lichtfingern durchbohrt wurde. Es hätte des in regelmäßigen Abständen an- und abschwellenden Donnerns gar nicht bedurft, um seinen Gaumen vor Angst trocken und seinen Rücken steif werden zu lassen. Aber die brennende Leere im Magen ließ ihm keine Wahl. Er mußte etwas essen, sonst würde es ihm ergehen wie seiner jüngeren Schwester. Letzte Woche hatte er sie gefunden, zusammengekrümmt und verdorrt wie ein Stück Baumwurzel im hintersten Winkel ihres Unterschlupfs.

Zögernd löste er sich aus den schützenden Schatten des Verstecks und schlich, sich unter einem Lichtstrahl wegduckend, den steinigen Hang zur Todeszone hinauf. Er wußte, diesseits der Zone gab es nichts Eßbares mehr. Jedes Gestrüpp und jede Mulde war längst viele Male abgesucht worden. Und auf Abfälle, die der Feind mitunter zurückließ, hatte er seit Tagen vergeblich gehofft. Er hatte keine Wahl, er mußte auf die andere Seite.

Oben auf dem Hang roch die Nachtluft noch stärker nach den Abgasen der schweren Panzerfahrzeuge. Obwohl der Gestank ihm von Kindheit an vertraut war, mußte er würgen. Aber mehr als der Gestank machte ihm jetzt das Vibrieren des Erdbodens zu schaffen, das er unter den nackten Fußsohlen immer deutlicher wahrnahm. Er wußte, es kündigte das Herannahen eines weiteren todbringenden Metallkolosses an. Die Allgegenwart des Feindes, der sich mehr und mehr seiner Heimat bemächtigt und schon unzählige ihrer Bewohner abgeschlachtet hatte, war nervenzermürbend.

Auch seine Eltern waren diesem Aggressor zum Opfer gefallen. Das Leben im Untergrund, in ständiger Hör-, Riech- und sogar Sichtweite der drohenden Gefahr, hatte ihre Kräfte frühzeitig aufgezehrt. Irgendwann waren sie unaufmerksam geworden, vielleicht nur für einen winzigen Augenblick. Aber den hatten die Invasoren mit tödlicher Treffsicherheit zu nutzen gewußt.

Vorsichtig kroch er weiter. Das Schlimme war, daß er nie genau wußte, welchen

Weg ein herannahendes Mordmobil einschlagen würde. Würde es lediglich in Sichtweite an ihm vorbeidonnern? Oder kam es ihm so nah, daß der Luftzug ihm den Atem nahm? Hatte es ihn gar ins Visier genommen und sein Tod war nur noch eine Frage von Minuten? Er mußte es dem Zufall überlassen. Das Überqueren des Hangs war ein Glücksspiel. Und der Einsatz war sein Leben.

Als er den Hang erklommen hatte und auf der vegetationslosen Zone nun vollständig ohne Deckung war, wollte er losrennen - und blieb doch stocksteif stehen. Obwohl er oft andere gesehen hatte, die dem Feind in die Hände gefallen waren, würde er sich nie an den Anblick gewöhnen. Am Rand der Todeszone, kaum fünf Schritte von ihm entfernt, lag, fortgeschleudert wie ein Stück Abfall, was einmal ein Mädchen gewesen war. Blutige Eingeweide quollen ihr aus dem Leib. Das kleine Gesicht mit dem aufgerissenen Mund glich einem erstarrten Entsetzensschrei. Welche Bestien waren zu so etwas in der Lage?

Kalter Schweiß brach ihm aus und seine Beine begannen heftig zu zittern. Aber er wußte, wenn er jetzt nicht weiterlief und die Zone überquerte, würde er es nie schaffen. Er würde, genau wie das zermalmte Mädchen oder wie seine verhungerte Schwester, einfach nur ein weiteres Opfer dieses Krieges werden, den zu gewinnen er ohnehin keine Chance sah. Die einzig verbliebene Form des Widerstands war, am Leben zu bleiben. So lange wie möglich. Also lief er los.

„Dieses Wochenende im Harz war wirklich eine tolle Idee. Das müssen wir unbedingt wiederholen", schwärmte die Beifahrerin, während der Lenker des nachtblauen Mercedes CLS die Vivaldi-CD in den Player schob. „Nicht wahr", bestätigte er lächelnd und schaltete kurz das Fernlicht ein, so daß sich die Scheinwerfer ein Stück weit in den Wald vortasteten, „hier herrscht ein Frieden, da muß man einfach entspannen." Der schwere Wagen ruckte nicht einmal, als er den vom Licht geblendeten Igel überrollte.

Kolonialware Kollektiv?

Als aufschlußreiches Zeitdokument bezeichneten Historiker das kürzlich aufgefundene Fragment eines Briefwechsels zwischen Karl Marx in London und einem gewissen Dr. phil. Arthur Glodau, Professor für Völkerkunde und Anthropologie, der mit Marx offenbar zeitweilig in Briefkontakt stand. Vermutlich aus Sorge um das Renommee ihres Mannes soll Jenny Marx einen bestimmten Brief Glodaus zusammen mit einer Vorschrift von Marx' Rückantwort in einer Blechschachtel im Garten ihres gemeinsamen Hauses vergraben haben, wodurch beide Schriftstücke im Gegensatz zum Rest des Briefwechsels erhalten geblieben sind.

Obwohl die Karl-Marx-Gesellschaft die Echtheit des brieflichen Dialogs bestreitet, gelangten beide Schriftstücke auf unbekannten Wegen ungekürzt an die Öffentlichkeit. Da Marx in seinem damaligen Londoner Akademikerumfeld jedoch mit Sicherheit zu irgendeinem Zeitpunkt mit ähnlichen Reiseberichten und -informationen konfrontiert worden ist, wie Arthur Glodau sie ihm brieflich zukommen ließ, spielt die Echtheit dieses Schriftwechsels letztlich nur eine untergeordnete Rolle.

Vor der Lektüre möge der Leser sich vergegenwärtigen, daß zu der Zeit, als Karl Marx sich in London aufhielt, abgesehen von der Innovation der Bekleidungs- und Ernährungsgewohnheiten auch die europäische Geisteskultur im Kontakt mit den Völkern der Kolonien zahlreiche Impulse erhielt. Offen eingestanden wurden diese Inspirationen von den weißen Usurpatoren jedoch nur selten.

Südwest-Afrika, den 25. Januar 1850

Verehrter Karl,

wie Du weißt, hat mir meine wissenschaftliche Neugier und unvoreingenommene persönliche Einsatzbereitschaft bei meinen völkerkundlichen Studien in Akademikerkreisen längst den Ruf eingetragen, nicht nur der Zivilisation entfremdet, sondern dabei auch noch hoffnungslos vernegert zu sein. Du bist einer der wenigen, denen ich noch ohne Vorbehalte von meinen tiefen Einblicken in die Stammeskulturen dieser teils gänzlich unberührten Regionen des schwarzen Kontinents zu berichten wage.

Daß mich besagter Vorwurf der Vernegerung nicht sonderlich anficht, mag meinethalben dessen Gültigkeit bestätigen. Ich bin vom hohen Werte unserer Zivilisation wie auch von der ethischen und charakterlichen Überlegenheit der weißen Rasse weniger überzeugt denn je. Doch davon genug. Mein Standpunkt ist Dir zur Genüge vertraut.

Dein im letzten Brief bekundetes, reges Interesse an meinen Erfahrungen mit den San (die hierzulande übliche Bezeichnung "Buschmänner" ist mir für diese bemerkenswerten Menschen zu abgeschmackt) freut mich außerordentlich. Zumal die Mehrheit der hier ansässigen Weißen den Standpunkt vertritt, die San wären eine Art Affen, und sich einen Sport daraus machen, sie im Vorübergehen niederzuschießen.

Der Einblick, den die San mir als das vermutlich älteste Volk dieses Kontinents in ihre höchst erstaunliche Lebensweise gewährten, bestätigt mich erneut in meiner Auffassung, daß wir Weiße im Zuge unserer zivilisatorischen Entwicklung sozial unbeschreiblich degeneriert sind. Du schildertest mir anschaulich das Elend der Wuppertaler Gerber und Fabrikarbeiter und vor allem der vielen Kinder, die quasi in den Fabriken aufwachsen und nach ein paar Jahren Sklavenarbeit zugrunde gehen.

Wie kann man auf eine solche Kultur stolz sein? Wie kann man an ihren vermeintlichen Werten andere Lebensformen messen?

Bei den San findet sich, im Gegensatz zu unserer westlichen Zivilisation, keinerlei Bestreben, den anderen zu beherrschen oder gar auszubeuten. Sie streben nicht nach persönlichem Besitz. Dementsprechend ist ihnen auch kein Handel vertraut. Wer etwas benötigt, bekommt es selbstverständlich von den anderen. Dies als "Schenken" zu bezeichnen, würde den Vorgang bereits ein Stück weit seiner Selbstverständlichkeit berauben.

Über Gruppenbelange entscheiden die San ausschließlich gemeinsam. Spezielle Berufe sind ihnen unbekannt. Jeder tut, was er am besten kann und am liebsten tun möchte. Sämtliche Verrichtungen des Alltags werden mit einer in unserer Lebenswelt unbekannten Achtsamkeit ausgeführt. Die gesamte Umgebung ist darin einbezogen. Wenn eine San-Gruppe beschließt, weiterzuziehen, hinterläßt sie im Urwald keine völlig abgeernteten Sträucher, niedergewalzten Grasflächen und abgebrochenen Äste, sondern nach Möglichkeit keinerlei Spur.

Was Dich besonders interessieren wird: Die einzelnen, meist um die 50-150 Personen zählenden San-Gruppen gehören einem lockeren Gesamtverbund an, innerhalb dessen sie einander in jeder Hinsicht unterstützen, ohne daß es irgendeiner übergeordneten Regierungsstruktur bedarf. Karl, hier gibt es Men- schen, die ganz selbstverständlich auf eine Weise zusammenleben, die gerade Dir als überzeugtem Sozialisten die Tränen in die Augen treiben müßte. Und diese Lebensweise läuft nun Gefahr, von der ach so überlegenen weißen Zivilisation vernichtet zu werden!

Gehörte es da nicht zu Deinen heiligen Pflichten, gewissermaßen als Gesinnungsverwandtem, für diese Menschen mit allen zu Gebote stehenden Mitteln und Deiner Reputation als Wissenschaftler einzutreten? Repräsentiert ihre Lebensweise nicht sogar das Prinzip des kommunistischen Kollektivs? Und geht ihre egalitäre Kooperation der einzelnen Kollektive nicht sogar über vieles von Kommunisten Vorgedachtes hinaus?

Ich meine, ja, Karl. Und ich bitte Dich daher, Deinen inzwischen erheblichen Einfluß in den Kreisen gesellschaftspolitisch denkender Geister geltend zu machen, damit die San als lebendes Beispiel weiter existieren können, daß weder Besitz- noch Herrschaftsstrukturen dem Menschen von

Natur aus vorgegeben sind! Ich beschwöre dich, Karl, rette die San. Mit ihrer Hilfe könntest du leichterhand allen Behauptungen begegnen, daß eine kollektive Lebensweise dem Menschen des 19. Jahrhunderts nicht möglich sei. Du könntest sämtlichen Kritikern und Zweiflern, gerade wenn sie rassistisch denken, mit einem einzigen Satz das Maul stopfen: Was die Neger können, können wir auch!

In freudiger Erwartung Deiner Antwort verbleibe ich

Dein Freund Arthur

*

Folgende, mit zahlreichen Korrekturen versehene Vorschrift einer Rückantwort von Karl Marx war dem Brief von Glodau beigelegt:

London, den 10ten Mai 1850

Teurer Arthur!

Es gibt Lebensmomente, die sich wie Grenzmarken vor eine abgelaufene Zeit stellen, aber zugleich mit Bestimmtheit auf eine neue Richtung hinweisen. Eine solche Grenzmarke erkenne ich in Deinem Anliegen, mein lieber Arthur, und ich bedauere unendlich, Deinen in mich gesetzten Hoffnungen nicht entsprechen zu können.

Das ist mir in mancher Hinsicht ein harter Schritt, aber alle Rücksichten fallen zusammen vor der Erfüllung meiner selbstgewählten Pflichten. Ich fühle mich gedrungen, allein dem am Orte Gegenwärtigen meine Kraft und Aufmerksamkeit zu schenken, namentlich dem himmelschreienden Elend der niederen Klassen der kapitalistischen Gesellschaftsordnung, ohne mich in einer wie wohlbegründet auch immer erscheinenden Rettungsmission eines fernen Negerstammes zu verzetteln.

Glaube mir, mein teurer, lieber Arthur, keine eigennützige Absicht drängt mich und keine vorgefaßte, abschätzige Meinung über das von Dir so eindrucksvoll erlebte Buschmanndasein im Urwald. Vielmehr bedurfte es für mich durchaus Deiner freundschaftlichen Anfrage, um zum Bewußtsein meiner wirklichen Stellung und meines eigentlichen Wirkungskreises zu gelangen. Den Men-

schen hier die Prinzipien des dialekti-
schen Materialismus zu vermitteln, wird
beschwerlich genug werden. Da kann es
der Sache nicht dienlich sein, gerade das
Kollektiv als Fixpunkt unseres gemeinsamen Strebens mit der Vorstellung von einem Buschnegerkral zu vermischen (wie
hochentwickelt das Miteinander dort auch
sein mag).

Daß ich in der Öffentlichkeit weiterhin
mit Hochachtung von Deiner wissen-
schaftlichen Arbeit sprechen werde,
versteht sich von selbst. Doch verzeih,
wenn ich mich hinsichtlich ihres kon-
kreten Gegenstandes, namentlich be-
sagten San, fortan nach allen Seiten
hin bedeckt halten werde, um jede irri-
tierende Vermengung meiner eigenen
Arbeiten mit Deinen Entdeckungen
hinsichtlich des menschlichen Mitein-
anders und seiner zugrundeliegenden
Werte zu vermeiden. Du weißt ja, wie
die Leute hier sind. Die Herabwürdi-
gung meiner Arbeiten als europäische
Version eines als Kolonialware impor-
tierten Neger-Sozialismus wäre mir
sehr schmerzlich. Gleichwohl versiche-
re ich Dir, die (noch) reale Existenz dieses Volkes wird immer ein Gedanke
sein, der mich treibt, nur darf und werde ich seinen Ursprung nie entblößen.

In der zuversichtlichen Hoffnung auf
Dein Verständnis als wissenschaftlich for-
schender Kollege und Freund

Dein Dir sehr verbundener

Karl

Postscriptum:
Erlaube mir, lieber Arthur, Dich in dieser
Angelegenheit an meinen werten Freund
Friedrich Engels zu verweisen, dessen In-
teressiertheit an primitiven Vorstufen
menschlichen Gemeinschaftslebens Dir
gewiß sein kann.

Wandervogels Wiederkehr

In der Morgensonne, deren Strahlen durch das blinde Glas des kleinen Scheunenfensters kaum gehindert wurden, tanzte der Staub. Die drei Wandervögel, ein Mädchen war auch dabei, hatten mit Erlaubnis des Bauern die Nacht im frischen Heu verbracht und schüttelten nun die anhänglichen Halme aus ihren Kleidern. In aller Frühe wollten sie weiterziehen, erst einmal der gewundenen Straße nach und dann querfeldein durch die sommergrüne Landschaft. Zunächst jedoch blieb der Blick des schlaksigen Rotschopfs, dem die Bäuerin gestern vor dem Schlafengehen noch einen großen Emaillekrug honiggesüßter Milchsuppe mitgegeben hatte, an eben jenem Krug hängen. Offenbar hatte er einen Einfall, denn er stieß gleich darauf einen kieksenden Laut aus und verschwand über die Bodenleiter nach unten.

Als die drei bald darauf bei der Bäuerin in der Küche erschienen, hielt ihr der Rotschopf mit schelmischer Verbeugung einen üppigen Feldblumenstrauß entgegen. Verlegen nahm die Bäuerin die ungewohnte Gabe in die arbeitsrauhen Hände und betrachtete sie mit hilflosem

Lächeln. Ein Tuch voller Waldpilze oder eine Mütze voller Johannisbeeren hätte sie sicherlich ohne viel Federlesens entgegengenommen, aber Blumen hatte ihr noch nie jemand geschenkt. Um ihr Erröten zu verbergen, ging sie mit dem Strauß in die Stube hinüber, legte ihn auf die Fensterbank und machte sich eine Weile an der Standuhr zu schaffen.

"Daß ihr auch melken und Mist fahren könnt", fand sie schließlich die Sprache wieder. "Und wie ihr hernach gesungen habt - dieses Lied von den Wassern, die springen und von den Elfen in der Nacht. Ihr müßt gleich wieder zu uns kommen, wenn ihr in unserer Gegend seid!"

"Wird gemacht", lachte das braungebrannte Mädchen unbefangen und schulterte schwungvoll ihre Laute. "Wandervogelehrenwort!" "Wandervogelehrenwort", sprach ihr Lieschen, die kleine Tochter der Bauersleute, andächtig nach. Voller Bewunderung schaute sie zu den dreien auf, deren Spiel und Gesang auch sie am Abend zuvor vollkommen in ihren Bann gezogen hatte.

"Schau mal, das ist für dich, Waldfee! Damit du uns nicht vergißt." Das Mädchen gab der schüchternen Kleinen eines von ihren bunt bestickten Lautenbändern.

Stolz und überglücklich betrachtete Liese die kunstfertige Nadelarbeit. "Schläft ein Lied in allen Dingen", las der älteste der drei ihr den Anfang des eingestickten Verses so eindringlich vor, als teile er mit ihr ein Geheimnis.

Nachdem die Bäuerin ihnen noch ein paar gekochte Eier und ein Stück Salzfleisch als Wegzehrung eingepackt hatte, zogen sie los - dorthin, wo es keine Asphaltstraßen, keine Fabrikschlote und keine Kirchtürme gab. Bis zur nächsten Wegbiegung gab Lieschen ihnen noch das Geleit. Forsch ausschreitend wanderten sie dahin. Ein Kuckuck rief im nahen Wald. Die Mädchen zählten gemeinsam seine Rufe mit. Es wurden aber bloß vier. An der Biegung verabschiedeten sich die drei von der kleinen Bauerntochter, die ihnen nachwinkte, bis der Wald sie verschlang.

Ein paar Jahre später kam der große Krieg. Wie so viele andere riß er kurz vor seinem Ende auch den Bauern noch mit sich in den Abgrund. Rastlos mühte sich die Bäuerin mit ihrer inzwischen gerade halbwüchsigen Tochter, den Hof zu bewirtschaften. Doch die Zeiten waren schwer. Hunger und Verzweiflung saßen oft mit am Tisch.

Eines Abends - es war bereits dunkel und die Bäuerin lehnte niedergeschlagen in der Küchentür, nachdem sie mit Liese lange und vergeblich die letzte Legehenne gesucht hatte - hörte sie vom Hofplatz her rasselnde Laute. Es klang, als schüttele jemand eine mit Steinen gefüllte Blechdose. Dabei stieg ihr ein übler Geruch in die Nase. Ein Geruch wie nach verbranntem Haar.

Beunruhigt trat sie ins Freie und sah nun am hinteren Ende des Hofplatzes vor der Scheune im Schein eines kleinen Feuers die Schemen dreier Gestalten. Lärmend ließen sie eine Flasche kreisen. "Und mögen die Spießer auch schelten", gröhlte einer zum Gerassel der Konservendose, "so laßt sie nur toben und schrein!" Dann fielen die anderen ein. Die Bäuerin unterschied eine hellere, unangenehm schrille Stimme und zwei dunklere, die seltsam flach und krächzend klangen, als hätten sie den ganzen Tag lang schon gejohlt.

Jetzt erst sah die Bäuerin, daß der Brandgeruch von einem Kissen ausging, das der kleinste der drei - oder war es eine Frau? - über den Flammen schwenkte. Nein, kein Kissen. Ein toter Vogel. Ihre Henne! Die junge Frau brannte ihr die Federn ab, wohl um sich das Rupfen zu sparen. In ihrer Empörung lief die Bäuerin ohne zu überlegen auf den Hofplatz hinaus. Als sie den dreien gegenüberstand, glitt jedoch unvermittelt ein froher Schein über ihr Gesicht.

"Was glotzt du so dumm, Alte? Sollen wir dich gleich mit verbrennen?", blaffte der größte der drei.

"Wie redet ihr denn?", stammelte die Bäuerin verwirrt. "Ihr seid doch, ihr wart doch -."

"Ihr seid doch, ihr wart doch -", äffte der zweite, dessen Wange eine gezackte Narbe verunzierte, mit quäkender Stimme nach.

"Die Vettel hat einen Dachschaden!", versetzte der Große derb.

"Aber ich kenne euch doch!", insistierte die Bäuerin händeringend. "Oben in der Scheune habt ihr übernachtet."

"Hör auf, rumzulügen, du Dreckschlampe!", schrie die zerlumpte, junge Frau zornig und schleuderte dabei das qualmende Huhn mit Wucht auf den Hauklotz.

"Damals habt ihr auch gesungen. Aber anders", unternahm die Bäuerin einen letzten Versuch.

"Halt dein verdammtes Maul!", brüllte der mit der Narbe, als habe ihn jemand getreten und warf eine Flasche nach ihr, die ihren Kopf nur knapp verfehlte und mit Wucht an der Scheunenwand zersplitterte.

Entsetzt wich sie zurück.

"Verzieh dich endlich! Und um deine Bruchbude da kümmern wir uns noch", röhrte der andere, während er auf die Scheune wies und dann drohend auf sie zuhinkte.

"Das wird ein besseres Feuer geben als die paar Äste hier", giggelte die junge Frau gehässig.

"Wo ist eigentlich der Vogel geblieben? Ich will endlich was Essen!" fiel dem mit der Narbe sein Hunger wieder ein.

"Ich glaubs nicht! Den Scheißvogel hat einer geklaut", stieß die junge Frau erschrocken hervor. "Eben lag er hier noch, auf dem Hauklotz."

"Versoffenes Stück, kannst du nicht aufpassen?!", versetzte der Narbige und strich sich aufgebracht eine rote Haarsträhne aus dem Gesicht.

"Wahrscheinlich ist er weggeflogen", kalauerte der Große höhnisch.

"Scheiße, da liegt er ja wieder", zeigte die junge Frau nun verblüfft zu dem Hauklotz hin.

"Wohl ein Wandervog-", setzte der Rothaarige an, doch das Wort stellte sich ihm quer.

Alle starren auf das tote Huhn mit den schwarz verkohlten Federn. An den Füßen des Tieres flatterte ein bunt besticktes Lautenband. Der mit der Narbe wandte sich jäh ab. Er stellte sich dicht vor die Scheunenwand und begann, mit dem Kopf dagegen zu schlagen.

Die junge Frau starrte immer noch regungslos auf die verrußten Hühnerfüße mit dem Lautenband. Dann erbrach sie sich auf ihren derben Lumpenrock.

Angstvoll blickte die Bäuerin sich um und zog sich dann rückwärts, Schritt für Schritt, die Hände vor den Mund gepreßt, zum Haus zurück.

"Verdammte Gegend hier, wirklich zum Kotzen", hörte sie den Großen noch fluchen. "Wenn ihr mich fragt, verpissen wir uns hier!"

Wenig später konnte Liese vom Scheunenfenster aus sehen, wie alle drei im fahlen Mondlicht auf nächtlicher Straße Richtung Stadt davonzogen. Hintereinander, jeder für sich.

Unten auf dem Hofplatz hob Liese die tote Henne auf und trug sie in die Küche. Sorgsam löste sie das Lautenband von den geschwärzten Krallen und verwahrte es wieder in dem Holzkästchen mit der blauen Blume. Als sie die Henne zerlegte, um sie zuzubereiten, fand sie in deren Innern ein Ei. Es war noch warm und völlig unversehrt ...

Das Fenster

Das Zimmer im zweiten Stock des Hospiz, in das man ihn verlegt hatte, war viel zu gediegen ausgestattet. Seine Krankenkasse würde es ihm auf keinen Fall für längere Zeit finanzieren. Er sollte hier also nicht mehr lange wohnen bleiben. Darüber machte er sich nichts vor. Dabei war das Wichtigste an diesem Zimmer für ihn gar nicht die Einrichtung. Das Wichtigste an diesem Zimmer war das Fenster. Das Fenster zur Straße hin. Es war neben seinem Bett in so geringer Höhe in die Wand eingelassen, daß er auch liegend bequem hinausschauen konnte. Und weil der April in diesem Jahr mit frühlingshaft milden Temperaturen aufwartete, konnte es fast den ganzen Tag offenbleiben.

Auch heute, nachdem die Krankenschwester ihres Amtes gewaltet hatte, schaute er wieder hinaus. Auf der gegenüberliegenden Straßenseite leuchtete klarblau der Morgenhimmel hinter den frühlingszart beblätterten Wipfeln der alten Parkbäume. Schon von weitem konnte er den Zeitungsjungen erkennen, der auf seinem Rad die Abkürzung durch den Park nahm und nun geradewegs auf das Hospiz zuhielt. Für einen kurzen Moment kam es ihm so vor, als radelte er selbst dort den Weg entlang, jung, voller ungeduldiger Erwartung der Ereignisse des neuen Tages. Das blonde, leicht verwuschelte Haar des Jungen leuchtete über seinem vor Eile geröteten Gesicht. Er nahm sich nicht die Zeit, anzuhalten und abzusteigen, sondern warf die Zeitung vom Fahrrad aus mit wohlgezieltem Schwung auf den Mauervorsprung neben der Eingangstür.

Nachdem der Junge seinem Blick entschwunden war, fuhr ein Bäckerwagen vor und lieferte wäschekorbgroße Behälter voller Brot und Brötchen an die Hospizküche. Angesichts des Backwerks regte sich in ihm flüchtig die Erinnerung an eine längst verlorengegangene Empfindung: Appetit. Wieviel Zuversicht mit diesem Gefühl einherging, wieviel Zukunftsgewißheit. Unverkennbar stieg nun auch aus der Küche der Duft frisch gebrühten Kaffees zu ihm herauf. Seit ihm der Genuß, ihn zu trinken, nicht mehr vergönnt war, erfüllte das würzige Aroma ihn mit Trost und bitterer Wehmut zugleich. Über dem festen Vorsatz, noch den Schulkindern zuzusehen, wie sie mit ihren farbenfrohen Schulranzen lachend und schwatzend an seinem Fenster vorüberzogen, fiel er in einen tiefen Medikamentenschlaf.

Als er wieder zu sich kam, war es bereits dunkel. Im Besuchersessel an der Wand gegenüber saß seine Frau, ein Buch in der Hand, und schlief. Weit mehr als über ihre Anwesenheit freute er sich, daß das Fenster immer noch offenstand. Draußen gleißte der Vollmond fast unnatürlich hell über den Baumwipfeln, umgeben von einer Unzahl flimmernder Sterne. Welch erhabener Anblick, dachte er. Und auch: Hoffentlich wacht Hilda nicht gleich auf und erzählt mir wieder von dem verstopften Abflußrohr. Dann fing er trotz der milden Temperaturen langsam an zu frösteln.

Wie Weltraumkälte kroch es durch das Fenster herein, drang durch seine Decken, seine Haut, kroch weiter bis in seine Knochen und unaufhaltsam bis in die hintersten Winkel seiner Seele. Bald war der strahlende Vollmond für ihn nichts mehr als ein zerklüfteter, fremder Ort unaussprechlicher Einsamkeit. Und auch die Sterne hoben als eisblaue Gasbrände lediglich die bodenlose Finsternis hervor, in der verlorenzugehen ihm jetzt als das Schlimmste erschien, das einem Menschen widerfahren konnte. Nie im Leben hatte er sich so verlassen gefühlt.

Gerade als er meinte, es nicht mehr ertragen zu können, brachte sich seine Frau durch einen unartikulierten Seufzer in Erinnerung. "Hilda, wach auf! Schnell, Hilda, das Fenster zu!", stieß er keuchend hervor. "Hilda, mach um Gottes Willen das Fenster zu!"

Alarmiert von seinem dringlichen Tonfall hob sie ruckartig den Kopf, starrte ihn eine Sekunde lang verständnislos an und kam dann ohne weitere Fragen seinem Wunsch nach. "Hoffentlich hast du dich nicht erkältet", gab sie zu bedenken. Die echte Besorgnis in ihrer Stimme, die ihn sonst eher verärgert hätte, ließ ihn wieder etwas Halt gewinnen.

"Als ich herkam, hast du so tief geschlafen, daß ich dich nicht wecken wollte", erklärte sie ein wenig beschämt. "Danach muß ich wohl eingenickt sein." Er wußte, zu Hause mußte sie sich jetzt allein um alles kümmern. Das strengte sie sehr an. Aber es war nicht zu ändern. Als sie ihm etwas umständlich die Überdecke hochzog, die zusammengefaltet am Fußende gelegen hatte, griff er impulsiv nach ihrer Hand. Sie war warm und fest, auf diese etwas rauhe, aufrichtige Art. Sofort fühlte er sich besser. Nachdem er sie eine Weile stumm gehalten hatte, fragte er, plötzlich besorgt: "Darfst du noch hierbleiben? Es ist doch keine Besuchszeit mehr."

"Ich kann hierbleiben, so lange ich will", beruhigte sie ihn. "Das ist ja hier kein Krankenhaus."

"Ach, dann ist ja gut", seufzte er und ließ ihre Hand nicht los. "Schön, daß du gewartet hast."

Sie schaute ihn etwas verwundert an. "Und ich dachte, du willst bestimmt deine Ruhe haben", sagte sie, "und lieber aus dem Fenster sehen. Aber dann bin ich doch geblieben."

"Rück doch den Sessel weiter ans Bett, dann kannst du es dir ein bißchen bequemer machen", schlug er vor.

Mit etwas Mühe gelang es ihr, den Sessel direkt neben das Bett zu schieben.

"Gib mir wieder deine Hand", bat er. Sie tat es. Ein Weilchen später waren beide eingeschlafen.

Als sie wieder aufwachten, wurde es draußen gerade hell. „Ich muß jetzt gehen", sagte sie, „der Klempner kommt bald." Sie strich sich flüchtig übers Haar und zog ihren Mantel an. „Soll ich dir noch das Fenster aufmachen? Ich glaube, heute wird es wieder richtig schön."

„Ach nein, laß nur, ich mache lieber die Augen zu und begleite dich ein Stück", brummelte er etwas verlegen.

„Wohl eifersüchtig auf den jungen Klempner?" zwinkerte sie ihm zu.

„Furchtbar", seufzte er lächelnd. „Ganz furchtbar."

Das verbotene Lied

In der drückenden Augusthitze war die Arbeit auf der Plantage doppelt mühsam. Wilson Deckster, Vorarbeiter und berüchtigter Leuteschinder, ließ sich dennoch zu keinerlei Zugeständnissen bewegen. Als Jacob Matenge, einer der ältesten Baumwollpflücker, mittags zwischen den Sträuchern zusammenbrach, durfte seine Tochter Elise ihm nicht einmal aufhelfen. Sie mußte erst ihren 15jährigen Sohn Samuel als Ersatzarbeitskraft vom Trockenplatz herüberholen.

Samuel war von Geburt an stumm, doch seine fassungslose Miene beim Anblick des mit dem Gesicht im Staub liegenden Großvaters sagte mehr, als irgendeine Stimme vermocht hätte. Bisher hatte er mit den anderen auf dem Trockenplatz die geerntete Baumwolle in der Sonne gewendet. Nun, in seiner Aufregung und als Pflücker völlig unerfahren, zerschnitt er sich an den scharfen Rändern der Baumwollkapseln die Finger. Trotzdem bestand Wilson Deckster darauf, daß er mit blutverschmierten Händen bis zum Abend weiterpflückte.

Am Morgen des darauffolgenden Tages, einem Sonntag, traf die kleine Plantagenarbeitergemeinde wie stets in der etwas windschiefen, roh gezimmerten Holzkirche am Dorfausgang zusammen. Ungeachtet des Vorfalls auf dem Feld waren auch Samuel und, von ihm gestützt, sein Großvater gekommen, der hier als Laienprediger fungierte. Kaum etwas konnte die Gemeindemitglieder davon abhalten, am sonntäglichen Gottesdienst teilzunehmen. Selbst die mit einer schweren Rückgratverkrümmung geschlagene Marilou schleppte sich an ihren Krücken zum Gotteshaus.

Daß nicht einmal Wilson Deckster es wagte, die Leute daran zu hindern, zur Kirche zu gehen, lag daran, daß das Ausüben des christlichen Glaubens durch die Arbeiter ausdrücklicher Wunsch des Plantagenbesitzers war. Das Heilige Testament sollte den Leuten Hoffnung geben, denn wer ganz ohne Hoffnung war, so meinte der Baumwollbaron, neige eher zur Aufsässigkeit. Auch sollte Christus die Überreste der alten Stammesreligionen verdrängen, vor denen viele Weiße insgeheim eine kreatürliche Furcht empfanden.

Allein, was die Gemeinde sonntags so zahlreich in die kleine Holzkirche zog, waren weniger die erbaulichen Bibelauslegungen Jacob Matenges als vielmehr das Singen. Kein gewöhnliches Singen, wie Jacob stets betonte, sondern die vielstimmige Zusammenkunft mit Gott. Sobald Jacobs Predigt beendet war - Halleluja, gelobt sei der Herr! - erhob jemand aus der Gemeinde seine Stimme zu einem Bekenntnis oder Segenswunsch: "Unser Herr hat Jacob neue Kraft gegeben. Halleluja! Dank sei dem Herrn!" - zu einer Mahnung: "Gott allein darf unsere Peiniger richten. Amen!" - oder zu einer Bitte: "Erbarme dich unser, Herr, prüfe uns nicht so hart!" - Bald tat es ihm ein weiterer gleich: "Kyrie eleison!" Und dann noch einer: "Dein Wille geschehe!" Und noch jemand: "Haleluja! Gelobt sei der Herr! Haleluja!" Irgendwann fing das Gesagte wie von selbst an, zu Musik zu werden.

Jeder der Anwesenden fand nach und nach zu seiner ureigenen Stimme, gleichgültig, ob sie kraftvoll oder verhalten, klar oder heiser war. Die eigene Stimme, das waren nicht nur Laute, die aus der Kehle drangen, das war die gesamte Person, der ganze Körper. Und der wurde beim Singen vollständig eingebracht. Selbst die Dinge ringsum gehörten dazu. Die Spalten in den Holzbänken, die abgeblätterten Apostelbilder an den Wänden, die schiefgetretenen Dielenbretter, der grob geschnitzte Christus über dem Altar, sogar die Stockflecken auf der Altardecke, alles gewann an Plastizität und Charakter und bildete mit den Singenden eine denkbar innige Gemeinschaft. Auf diese Weise war die kleine Holzkirche erfüllt von einer substantiellen Intensität, die nicht einmal die großen Steinkirchen der Städte mit ihren wirkmächtigen Hallräumen zu simulieren vermochten. Um dieser Intensität willen kamen die Leute hier zusammen. Hier holten sie sich die Kraft, Woche für Woche ihr hartes Los auf der Plantage zu ertragen.

Daß ausgerechnet Samuel, der Stumme, das sonntägliche Singen liebte wie kein Zweiter, war keineswegs paradox. Hatte der Junge doch von seinem Großvater gelernt, daß der beim Singen entstehende Ton allenfalls eine Randerscheinung war und lediglich von Leuten für wichtig erachtet wurde, die aus purer Eitelkeit sangen. Wenn wir in unserer Kirche singen, hatte Jacob erklärt, kommt es allein auf die Hingabe und Herzenskraft an. Und so sang Samuel jeden Sonntag voller Enthusiasmus mit den anderen, ohne auch nur einen Moment lang das Gefühl zu haben, stumm zu sein.

Auch heute war es wieder so. Zunächst. Doch dann kam ihm unvermittelt der

Anblick des am Boden liegenden Großvaters in den Sinn. Das Gesicht im Staub.
Und auf einmal wurde alles anders. Statt
des vertrauten, beseligenden Einver-
ständnisses begann sich in Samuel beim
Singen ein wilder Zorn zu regen. Und
noch ehe er sich der Ungeheuerlichkeit
seiner Tat bewußt wurde, entließ er in die
Weiten singend erschlossener Gottesgefil-
de aus tiefstem Innern einen gleichförmi-
gen, feinschwingenden Laut, der all das,
was ihm eben noch Heimstatt und Sphä-
re der Geborgenheit war, rigoros zurück-
wies. Als wolle er etwas Abscheuliches
vertreiben, breitete sich der für die anderen unhörbare, doch seltsam dichte und
kontinuierliche Laut in der ganzen Kirche
aus.

Die anderen bemerkten die Veränderung
erst, als mit einem Knall die Scheibe des
kleinen Fensters neben dem Altar zer-
brach. Abrupt verstummte der Gesang
der Gemeinde. Seltsamerweise starrten
jetzt alle Samuel an. Mehrere Gemeindemitglieder sprangen auf und suchten
Schutz auf der anderen Seite der Kirche.
Als Marilou bemerkte, daß sie ohne
Krücken aufgesprungen und den anderen
behende nachgeeilt war, ließ sie sich zu
Tode erschrocken auf die nächste Holz-
bank sinken. Gleich darauf wurde die Tür

der kleinen Kirche aufgestoßen und der Neffe von Wilson Deckster stürzte herein. Sein Onkel sei von einer Klapperschlange gebissen worden, schrie er, und läge nun wie ein Toter auf der Veranda. Jemand müsse kommen und die Schlange vertreiben, die sich neben dem Onkel zusammengerollt hätte und niemanden an ihn heranlasse.

In den Blicken, die Samuel jetzt trafen, lag etwas Unbestimmtes, das der Junge für freudigen Schrecken hielt. Nachdem zwei Männer widerstrebend Decksters Neffen gefolgt waren, holte Samuel hastig ein kleines, verknicktes Notizbuch hervor und schrieb mit krakeliger Schrift etwas hinein. Dann riß er die Seite aus und reichte sie seinem Großvater. Der alte Jacob las: Großvater, ich singe das Lied der Freiheit, für dich und für alle anderen!

Jacobs Gesicht wurde eine Spur grauer. "Aber nicht das Lied unseres Herrn", murmelte er dumpf. "Samuel, du hast dich an unserer Gemeinde versündigt!"

Samuel nahm an, der Großvater habe seine Botschaft mißverstanden und begann, eine weitere Seite zu beschreiben. Unterdessen war Marilou aufgestanden und kam gemessenen Schrittes und mit weit aufgerissenen Augen auf Samuel zu. Hoch aufgerichtet. Ohne Krücken. Sie humpelte nicht einmal. In ihren Augen schimmerten Tränen. Sie blieb vor Samuel stehen und sank dann vor ihm nieder, von heftigem Schluchzen geschüttelt. Voller Freude über ihre Genesung streckte Samuel ihr die Hand entgegen. Doch Marilou freute sich nicht. Sie wich schaudernd vor seiner Hand zurück. "Was hast du getan!", stieß sie hervor. "Das ist das Werk des Teufels! Der Herr sei meiner Seele gnädig! Du mußt es wieder rückgängig machen, Junge. Du mußt!" Flehend rang sie vor Samuel die Hände.

Ninette, Wilson Dexters junges Stubenmädchen, die Marilou am nächsten stand, bekreuzigte sich und wich vor Marilou zurück, als habe sie die Blattern. Samuel begriff nicht, was in der Gemeinde vor sich ging. Stocksteif saß er da und schaute seinen Großvater an. Der ergriff ihn mit ausdrucksloser Miene am Hemdkragen und führte ihn mit schwankenden Schritten aus der Kirche hinaus, wie man einen Hund dieses heiligen Ortes verweist, der sich zufällig dorthin verirrt hat und im Begriff ist, den Altar zu verunreinigen. "Du hättest beim Singen niemals dabei sein dürfen", bemerkte er düster, bevor er sich umwandte, um wieder hineinzugehen. "Gott wußte schon, weshalb er dir keine Stimme gab."

Samuel durfte auf Jacobs Weisung hin die Kirche nicht wieder betreten. Nie mehr. Auf der Plantage mochte seitdem niemand mehr mit ihm zusammenarbeiten, weshalb er der Arbeit bald ganz fernblieb. Dafür ging Marilou wieder mit auf die Felder, nachdem sie sich zum Ausgleich für ihre gotteslästerliche Heilung den kleinen Finger abgeschnitten hatte. Samuel bezog auf Wunsch seiner Familie für sich allein eine Hütte nahe dem Sumpfgebiet jenseits des Dorfes. Dort lebte er von Fröschen, Schlangen und Wasservögeln, die er in seinen Fallen fing.

Einige Monate später, es war eine mondlose Nacht, klopfte es zum ersten Mal an Samuels Hütte. "Mach auf, Samuel, bitte. Ich bin es, Ninette. Samuel, du mußt für mich singen! Ich muß ja sonst ins Wasser gehen wegen der Schande. Und ich kann doch nichts dafür. Du weißt ja, wie der Herr ist. Samuel, ich bitte dich!"

Und Samuel sang. Nicht nur für Ninette, sondern auch noch für viele andere, die im Schutz der Dunkelheit an seine Tür klopften. Alle brachten ihm großzügige Geschenke mit, doch wenn er durchs Dorf ging, wandten sie den Blick ab, als sähen sie ihn nicht.

Und wie man das Lied der Befreiung singt, fragten sie nie.

Die Radfahrt

Bäume, ringsum nichts als Bäume. Erst nach mehreren Wegbiegungen öffnete sich vor Marja eine Lichtung voller Grasbüschel und Gesträuch. Dahinter führte ein sandiger Weg auf ein heruntergekommenes Haus zu, an dessen Wänden rostiges, landwirtschaftliches Gerät lehnte. Eine grasüberwucherte, bucklige Fläche schloß sich an, die einmal ein Feld gewesen sein mochte. Darüber dehnte sich blaßblau und öde die Leere des Sommerhimmels.

Seit einer Viertelstunde war Marja erst unterwegs und wäre doch am liebsten wieder umgekehrt. Hier gab es nichts, was sie interessierte. Schlimmer noch, sie fühlte sich in dieser aus der Zeit gefallenen, vom Wildwuchs beinah zurückeroberten Landschaft so deplaziert wie ein Kakadu im Föhrenwald. Dabei hatte sie sich vor der Reise gründlich informiert. "Zauberhaftes Waldgebiet mit urigem Charme" hatte die Beschreibung gelautet. "Balsamische Ruhe und hautnahes Naturerleben in würziger Sommerluft". Für sie war es ein Reinfall. "Öditieren in Langweilswalde" hätte es ihrer Meinung nach besser getroffen.

Aber sie war ja selbst schuld. Wie konnte sie sich zum Ausspannen ausgerechnet diesen abgelegenen Winkel aussuchen? Das war etwas für Holzschnitzer oder Bucheckernsammler. Dazu war sie auch noch ohne Auto angereist, ohne Netbook, ohne Smartphone, nur ausgerüstet mit einem vorsintflutlichen Einfarbdisplay-Handy für den Notfall. Manchmal haßte sie sich für ihre dämlichen Einfälle. Hätte es im nächsten Dorf ein Internet-Café gegeben, sie wäre jetzt leichtfüßig die vier Kilometer dorthin gejoggt, nur um wieder online gehen zu können. Aber in den hiesigen Cafés kannten die Leute noch nicht einmal einen Milchaufschäumer.

Anstelle der Erholung, die der Betriebsarzt ihr dringend empfohlen hatte, streßte Marja in dieser Hinterwäldlerregion zunehmend die Gewißheit, ihre kostbare Urlaubszeit zu vergeuden. Die ausgedehnten Waldspaziergänge, die ihr im aufreibenden Arbeitsalltag als Inbegriff der Selbsttherapie vorgeschwebt waren, hatten sich schon jetzt, am vierten Urlaubstag, als pflichtschuldiges Abschlurfen holperiger Trampelpfade erwiesen.

Was suchte sie eigentlich hier? Selbstbestrafung durch Technologieverzicht? Eingedenk ihrer fast schon pathologischen inneren Unruhe, die im Job bereits zu unschönen Ausbrüchen geführt hatte, war diese Reise offenbar kein probates Mittel. Im Gegenteil. Warum hatte sie nicht den 14tägigen Powerjogakurs auf Ibiza gebucht? Da hätte sie sicher wunderbar entspannen können. Jetzt war es dafür zu spät.

Oder? Vielleicht doch nicht? Selbst zehn Tage Ibiza wären schließlich nicht schlecht. Sand, Sonne, schicke Boutiquen und im Idealfall ein kleiner Sommerflirt. Das war nicht originell, aber allemal besser als hier langeweilegebeutelt in die Baumrinde zu beißen. Mit einem Seufzer der Erleichterung vollführte Marja eine Kehrtwende und schlug dynamischen Schrittes den Rückweg zu ihrer Pension ein. Ibiza, das war es! Querfeldein eilte sie über eine strauchbewachsene Lichtung. Doch was als Abkürzung gedacht war, erwies sich allzubald als lästiger Umweg. Ein langgestrecktes Brombeergestrüpp versperrte ihr stachelrankig den Weg.

Mißmutig untersuchte Marja das Hindernis, unter dem sich zu allem Überfluß ein morscher Holzzaun verbarg. Als sie ihn zwischen den Ranken und Blättern genauer in Augenschein nahm, entdeckte sie das Rad. Eigentlich waren es eher die rostzerfressenen Fragmente eines jener robusten Adler-Damenfahrräder, die schon im Vorkriegsdeutschland verbreitet gewesen waren. In gebückter Haltung spähte Marja durch das Brombeergestrüpp, das das Fahrrad zuverlässig am Zaun fixiert hielt.

Der Rahmen und der ausladende Lenker hatten mehr schlecht als recht der Witterung getrotzt. Von den Speichen und den Felgen war kaum noch etwas übrig, so daß Vorder- und Hintergabel hauptsächlich von Brombeerranken gestützt wurden. Unter den ehemals kräftigen Sprungfedern des verrotteten Ledersattels konnte Marja die rostige Befestigungsstange des Gepäckträgers erkennen. Daran baumelten einige verschlissene, schmutzigbraune Bänder. Überreste des einstigen Rockschutzes. Früher hatten sie sicherlich einmal anders ausgesehen, farbenfroh und leuchtend, gelb vielleicht, orange und grün ...

Vor Marjas innerem Auge entstand allmählich das Bild einer radelnden Frau. Sie trug eine gelb-orange-grün-getupfte Bluse und fuhr auf dem schwarzglänzenden Adler-Rad ohne Eile den Waldpfad entlang, den Marja gerade gekommen war. Weiche Sommerluft, die nach Holunderblüten und Fichtenharz duftete, strich ihr über die Haut. Marja konnte förmlich spüren, wie sich die gleichmäßigen Bewegungen der Radlerin mehr und mehr mit dem Nicken des Waldfarns, dem Schwanken der Sträucher und dem Wogen der Baumwipfel zu einer dynamischen Choreografie verbanden. Von den wilden Rosen her untermalte gleichförmiges Bienengesumm die Fahrt, zuweilen belebt durch ein rasantes Tocktocktock-Crescendo des Spechts hoch oben in der alten Esche.

Immer enger verwoben sich Gerüche, Geräusche und Farben, Wildrosenduft, Bienensummen und Sonnenstrahlen zu einem derart dichten Gewirk, daß für Marja zum Beobachten schließlich kein Raum mehr blieb. Und für einen winzigen Moment, für den Bruchteil eines Augenblicks, war sie mittendrin, war sie die Frau auf dem Rad. Sie fuhr. Nicht in Eile. Nicht irgendwohin. Sie fuhr einfach. Und das war alles, was es für sie zu tun gab.

Tocktocktock, tönte es von der alten Esche.

Wie ausgespuckt fand Marja sich rücklings im borstigen Wiesengras wieder, begleitet vom häßlichen Geräusch reißenden Stoffes. Was war geschehen? Die Brombeerranke, die während ihres Sturzes ein

Loch in ihre Bluse gerissen hatte, hielt sich noch an ihrem Ärmel fest. Entnervt über ihr Mißgeschick rappelte sie sich auf und bemerkte sogleich, daß auch ihre helle Hose den Sturz nicht spurlos überstanden hatte. Rostbraune Flecken überall. Wo kamen die her? Unwirsch machte sie sich von der Ranke los, woraufhin sie aus der Mitte des Gestrüpps ein trockenes Rieseln vernahm, als ob dort irgend etwas morsches, metallenes zerfiele. Ein belangloses Geräusch, das Marja sofort wieder vergaß, als sie sich dem schier überwältigenden Drang ergab, weiterzueilen.

Unlauterer Wettbewerb

SIE (am PC sitzend): Komm, mein Schatz, tu mir das nicht an! Bitte nicht abstürzen! Sonst muß ich dich ganz neu formatieren. Und das wollen wir doch beide nicht, oder? (In den Raum hinein) Welch Depp hat hier wieder an meinem PC rumgefummelt?

ER (sitzt mit dem Rücken zu ihr im Sessel, blättert in Prozeßakten): Donnerwetter! Gleich zwei Jahre Haft ohne Bewährung! Na, die traut sich was -

SIE (den Blick auf ihren Monitor gerichtet): Dies ist MEIN Programmier-PC, keine Schreibmaschine für Kanzlei-Kram. Ist das so schwer zu akzeptieren?!

ER: Junge, Junge! Das ist ein Plädoyer! Hut ab. Die Niemöller hat wirklich was drauf. Denkt man gar nicht, eine Frau mit dem Aussehen -

SIE (in verschwörerischem Tonfall zu ihrem PC): Nicht doch, nicht doch, Baby! (In den Raum hinein) Gibt's nicht irgendeinen verdammten Paragraphen gegen die unerlaubte Benutzung von PCs durch inkompetente Ehemänner?

ER (zur Katze, die auf seinen Schoß klettert): Hallo, meine Süße. Lust zum Kuscheln? Na komm. (Krault liebevoll die Katze)

SIE: So, Passwort geändert. Das war's. Manche Leute kapieren es eben nicht anders. Verbal ist da Fehlanzeige. Und Gesetze und Vereinbarungen gelten natürlich immer nur für andere.

ER (verschwörerisch): Na, Miezelein, ich hätte heute wohl doch in die Kanzlei fahren sollen. Aber wer würde dich dann streicheln?

SIE (lacht unvermittelt ihren PC-Monitor an). Oh Sascha, Chefchen, du bist ein Goldschatz. So eine süße Geburtstags-Mail. Na warte, dafür bekommst du gleich ein paar Hugs -

ER (seine Finger, die die Protokollakte halten, verkrampfen sich ein wenig): Ähmm -

SIE (stößt die Tastatur von sich): Na toll, das war's dann. Wieder abgestürzt. Jetzt darf ich all das Zeug nochmal eingeben. Herzlichen Dank, wirklich ein super Geburtstagsgeschenk von meinem genialen Ehemann!

ER (hinter der Prozeßakte): Herz-, ähh, ach - (murmelt etwas Unverständliches).

SIE: Bloß nicht den Kiefer zu sehr bewegen. Schon gar nicht, um der eigenen Frau zu gratulieren!

ER: Pöh!

SIE: Ach, sonst heißt es doch immer, Anwälte sind nie um Worte verlegen!

ER: Pffft!

SIE: Unglaublich witzig! Wir sind jetzt offenbar auf Comic-Niveau angelangt.

ER (stöhnt gequält)

SIE: Das reicht jetzt allmählich! So lasse ich mit mir nicht umgehen! Da drückt sich ja sogar Melissas Spaniel differenzierter aus.

ER: -

SIE: Na toll. Schweigen. Wenn einem nichts mehr einfällt, wird gemauert. Die ultimative Waffe der Männer.

ER: -

SIE (zischt): Aber ich weiß schon, wie ich den Herrn Anwalt zum Reden bringe. Nur einen kleinen Moment. (Sie nimmt eine Prozeßakte vom Stapel neben ihrem PC)

ER: -

SIE (nimmt ein Feuerzeug und klickt es an): Was hältst du davon, wenn ich den Kram hier verbrenne, der auf meinem Schreibtisch sowieso nichts verloren hat?

ER (läßt die Akte, die er gerade liest, zu Boden fallen): -

SIE: Aha, der Herr beliebt zu reagieren. (Hält das Feuerzeug an den Pappdeckel der Akte, der sich langsam schwärzt): Na, ist das nicht ein paar Worte des Protestes wert?

ER: -

SIE (wirft die entflammte Akte wütend auf den Marmorboden und tritt sie aus): Verdammt, Maximilian! Ich halte das nicht mehr aus! Ich geh kaputt daran. Hörst du? Ich kann nicht mehr.

ER: -

SIE (aufschluchzend): Was soll ich denn noch machen? Ich hab doch gesagt, ich kann nicht mehr. Du hast gewonnen, Maximilian! Freu dich! Du bist der Stärkere, ich hab's begriffen. Du bist mir über. Soll ich es dir vielleicht noch schriftlich geben, zum Abheften?! Na meinetwegen - (Sie geht um den Sessel herum)

ER (sitzt mit blau verfärbtem Gesicht leblos im Sessel, die Hände in der Herzgegend verkrampft, die Augen starr ins Weite gerichtet): -

SIE: Oh nein, Maximilian! Nein! Das ist nicht fair! Das ist wirklich nicht fair -

Das Handikap

"Unglaublich, der lebt ja", staunte der junge Passant im lila Sakko, nachdem er einen Blick auf Max' Staffelei geworfen hatte. "Ein Wahnsinnstyp, dein Schauermann. Und der Gesichtsausdruck. Voll krass. Geht richtig unter die Haut." Ein anderer, den verwaschenen Safarihut tief in die Stirn gedrückt, schaute nur kurz auf die Staffelei und meinte dann: "Der kuckt so sauer, als ob er dem Nächstbesten gleich eins in die Fresse hauen will. Da verzieh ich mich doch lieber!"

"Recht hat er! Die Löhne der Hafenarbeiter sind der reine Hohn!" ballte eine Frau in Lederhose die Faust, um ihre Solidarität mit dem sackhakenschwingenden Motiv zu bekunden - und brachte von dessen unmißverständlich drohender Gebärde nicht einmal eine vage Andeutung zustande.

Daß es in der Trossengasse, wo Max gewissermaßen vor seiner Haustür zu arbeiten pflegte, nach Brackwasser und faulem Fisch roch und es auch optisch kein besonders einladender Ort war, schien sonntags eine bestimmte Art von Passanten geradezu magisch anzuziehen. Das waren keine Leute, die auch nur erwägen würden, eine der unrenovierten, größtenteils noch kohleofenbeheizten Wohnungen zur Miete zu beziehen. Sie wollten lediglich für einen Nachmittag der Sterilität ihrer gärtnergestylten Beete und videoüberwachten Bungalows in ein Ambiente entfliehen, das sie offenbar mit Authentizität verwechselten. Max hatte damit kein Problem. Zumal einige von ihnen bereits nach dem Preis für den "Schauermann" gefragt hatten. "Mein Agent!", war Max kurzangebundene Erwiderung gewesen, mit der er ihnen dann eine farbverschmierte Visitenkarte seines Freundes Werner Böttcher hinhielt.

Zwei Wochen später, besagtem Werner war es gerade gelungen, den "Schauermann" zu einem für Max' Begriffe sagenhaften Preis an einen Schiffsmakler zu verkaufen, saß Werner bei Max in der mit Malutensilien vollgestellten Wohnküche und stellte seinem Freund eine großartige Karriere als Kunstmaler in Aussicht. Max jedoch, der den Wernerschen Erfolgsphantasien sonst nie abhold war, wollte heute nicht so recht auf dessen Visionen von einer exklusiven Galerie voller nach Erdöl duftender, saudischer Kunstsammler einsteigen. "Mach mal halblang, Werner", winkte er ab. "Die Idee mit dem

Künstlerportrait für das Hafenjournal kannst du gleich knicken. Du weißt schon, warum."

"Mensch, Alter!", brauste Werner auf. "Du mit deiner Macke. Kein Aas kriegt mit, daß du nicht schreiben kannst. Und selbst wenn, wen interessiert das schon? Schließlich bist du ein Malgenie und kein Bestsellerautor. Außerdem paßt das doch perfekt zu deinem Underdog-Image."

Max stocherte grämlich mit der Gabel in seinen Ravioli herum. "Als Underdog kommt man vielleicht cool rüber", meinte er schließlich, "als Analphabet aber nur bescheuert." Er stopfte sich nachdrücklich einen Stapel der tomatensoßetriefenden Nudelkissen in den Mund. "Ich will nicht dastehen wie der letzte Schwachkopf, wenn irgendein Pressetyp es rausfindet", nuschelte er, um sogleich einen solchen nachzuäffen. "Wie signieren Sie denn Ihre Bilder, Herr Jensen? Ach ja, mit drei Kreuzen, na logisch, hahaha!" Max zuckte die Achseln. "Das muß ich nicht haben."

"Wieso auf einmal drei Kreuze", konterte Werner, "du unterschreibst doch immer mit diesem total witzigen, saltospringenden Gorilla. Den kriegt kein Unterschriftenfälscher hin, so einen unglaublich irren Sprung macht der!" Aber Max war momentan für kein noch so berechtigtes Lob seiner künstlerischen Fähigkeiten empfänglich. "Du weißt genau, was ich meine", murrte er nur und mampfte lustlos weiter.

"Dann wird die Trossengasse wohl unsere Galerie bleiben", zuckte Werner gespielt gleichgültig die Achseln. "Und deine Bilder behalten diesen aufregenden Fischgeruch." Mit einem Ruck schob Max daraufhin seinen erst halb geleerten Teller fort und stapfte türenknallend hinaus.

Am darauffolgenden Abend vibrierte es in Werners Hosentasche. Ein Anruf. Max. In dem für ihn typischen, laxen Tonfall teilte er dem Freund mit, er werde seinen Anteil des Erlöses für den "Schauermann" in einen Intensiv-Schreibkursus für Erwachsene investieren. Zu diesem Zweck wolle er sich eine Weile inkognito auf eine Nordseeinsel zurückziehen. Ohne Malsachen. Erst wenn er den Kursus erfolgreich beendet habe, wolle er wieder einen Pinsel in die Hand nehmen. Und dann, Gott sei 's getrommelt und gepfiffen, könne Werner ihn seinethalben groß herausbringen.

106

"Zehn Reihen A, habe ich gesagt, simple große As. Was sollen das für seltsame Gebilde sein, Herr Jensen? Sie müssen sich doch nur nach dem Vorbild oben auf der Seite richten." Der Kursleiter bemühte sich sichtlich, sein Unverständnis für Max' Schwierigkeiten zu verbergen. "Strich auf, Strich ab, Strich quer. Mehr ist es nicht. Zehn Reihen, wenn ich bitten darf. Herr Jensen, reißen Sie sich doch ein wenig zusammen. Immerhin haben Sie für diesen Kursus bezahlt."

Bereits in der Grundschule hatte Max vergeblich versucht, wie seine Mitschüler Seite um Seite mit haargenau identischen Buchstaben zu füllen, ohne dabei mit dem Stift das Papier einzuritzen, weil ihm ein unerträglich beklemmendes Gefühl heftige Übelkeit bereitete. Es hatte sich angefühlt, als wäre er in einem Kasten eingesperrt, und mit jeder weiteren Buchstabenreihe wurde der Kasten enger. Heute jedoch, als Erwachsener, der in der Malerei seine Berufung gefunden hatte, wollte Max nicht noch einmal vor Buchstaben und Linien kapitulieren. Jeder Dödel konnte schließlich schreiben. Er wollte sich diese offenbar so unentbehrliche Kulturtechnik endlich aneignen und dieses schmähliche Handikap ein für allemal hinter sich lassen.

Max ignorierte das wilde Aufbegehren seines Körpers, so gut es eben ging, und setzte alles daran, um den Anweisungen des Kursleiters zu folgen. Doch sich entgegen seiner natürlich-geschlossenen Gesamtkoordination, wie er sie bei der Handhabung des Pinsels gewohnt war, nun zu einer im Handgelenk gebrochenen, zwischen Hand und Körper gegenläufigen Schwungmechanik zu zwingen, ließ seinen Körper immer wieder rebellieren. Ohne die bunte Sammlung von Medikamenten, seine "Schreibpillen", hätte er es wohl nie geschafft. Erst nach mehreren Wochen unerbittlicher Disziplin verschwand das quälende Zurichtungsgefühl beim Schreiben zugunsten eines neuen Bewegungshabitus. Max hatte seine Hand, die ihm nach den ersten Kursustagen regelrecht abgetrennt erschienen war, nunmehr als Fragment zurückerobert. Er beherrschte sie jetzt.

Zwei Tage vor seiner Abreise von der Insel schrieb Max an Werner ungeachtet dessen telefonischer Erreichbarkeit seinen ersten Brief. Darin schilderte er dem Freund seine Ungeduld, endlich mit dem nächsten Bild beginnen zu können. Und als humorige Anspielung auf ihr Gespräch seinerzeit in Max' Küche hatte er den Brief nicht nur mit seinem vollen Namen, sondern auch mit dem saltospringenden Gorilla unterzeichnet.

Dieser Gorilla war es, der in Werner unvermittelt eine Vorahnung weckte, die er lieber zusammen mit dem Briefbogen unter sein Mousepad schob. Nicht, weil Max damit noch einmal auf ihre Meinungsverschiedenheit anspielte, sondern einfach nur, weil der Gorilla nicht mehr sprang ...

Omas letzte Reise

(Ein Einfamilienhaus in einer gutbürgerlichen Wohngegend. Das unaufgeräumte Zimmer eines jungen Mädchens. Die Vorhänge sind noch geschlossen. Im Raum herrscht Dämmerlicht.)

Oma: Schlaf weiter, mein Herzchen. Laß dich nicht stören. Oma gibt dir nur schnell einen Abschiedskuß.

Enkelin (verschlafen): Wie, was ist los? Wo willst du hin? Ich dachte, du bist krank.

Oma: Bin ich auch, Liebes. Deshalb fahre ich ja weg. Damit ich so richtig abschalten kann. Und euch falle ich dann auch nicht länger zur Last.

Enkelin (zuckt träge die Achseln): Naja, ist nicht so toll, wenn du immer so lange das Klo besetzt und Mama dich alle naselang zum Arzt fahren muß. Das nervt uns ganz schön. Wie lange bleibst du denn weg?

Oma: Wahrscheinlich ziemlich lange.

Enkelin (gähnt): Kannst du nicht bis nach meinem Geburtstag wegbleiben? Das wäre cool. Da wollte ich nämlich ein paar Freundinnen einladen. Und für mich ist immer Fremdschämen angesagt, wenn du über den Flur schlurfst und dein Bauch diese ekligen Geräusche macht.

Oma (lächelt traurig): Ich werde auf jeden Fall länger als bis zu deinem Geburtstag wegbleiben, Herzchen. Versprochen.

Enkelin: Super! Ach, jetzt weiß ich auch, weshalb Mama gestern abend so geflucht hat. Sie mußte für dich Koffer packen, stimmt's?

Oma: Nein, mußte sie nicht. Da, wo ich hinfahre, braucht man nicht so viele Sachen.

Enkelin: Weil da die ganze Zeit die Sonne scheint, wetten? Du hast es echt gut, Oma. Mich wundert nur, daß Papa und Mama dich so eine Reise machen lassen. Die ist doch bestimmt richtig teuer.

Oma: Aber Kind, Papa und Mama haben diese Reise doch extra für mich ausgesucht.

Enkelin (schon wieder desinteressiert): Ach ja? Das versteh', wer will.

Oma: Na, dann sag ich jetzt mal tschüß. Und paß gut auf dich auf. Vielleicht schläfst du noch ein bißchen.

Enkelin: Werd's versuchen. Wenn hier nicht gleich der nächste reinrauscht und mich volltextet. Wo sind Papa und Mama eigentlich? Warten sie unten auf dich?

Oma: Die sind zum Einkaufen gefahren. In einer Stunde sind sie bestimmt zurück, dann könnt ihr gemütlich zusammen frühstücken.

Enkelin (schon wieder halb schlafend): Früher hattest du doch immer Angst vorm Fliegen -

Oma: Ach, mein Herzchen, unangenehm sind nur die ersten paar Minuten. Ein paarmal ein- und ausatmen, da rüttelt es noch ein bißchen, aber dann bin ich oben im Himmel und alles ist gut. Außerdem bietet diese Fluglinie den Komfort, im Liegen reisen zu können. Es ist also für alles gesorgt.

Enkelin: So gut möchte ich es auch mal haben.

Oma: Nicht wahr, mein Kind. Hörst du, unten hupt schon der Kleinbus von den

"Senioren-Paradies-Reisen", der mich ab-
holen will. Ich geh dann jetzt runter -

Das Handy der Enkelin klingelt. Sie
nimmt ab: Hallo, Mami. Ja, die ist immer
noch hier. (...) Was weiß denn ich. (...) Ja,
hat gerade gehupt. (...) Ist gut, tschüß Mami.

Enkelin: Mama will dich sprechen.

Oma (nimmt das Handy): Nein, Margret,
war es nicht. Aber mich von dem Kind
wenigstens verabschieden (...). Hatten wir
anders besprochen, ich weiß. (...) Natürlich gehe ich jetzt runter. (...) Ist schon
gut. Leb wohl, Margret. Gibst du mir Wal-
ter nochmal? Ach so. Nein, wenn er nicht
will. (an die Enkelin gewandt) Ich geh
dann jetzt, mein Kind.

Enkelin: Ja, sagtest du schon. (zieht die
Bettdecke noch ein Stück höher)

Oma: Nun denn. (geht hinunter, nimmt
ihre Handtasche und verläßt das Haus)

Fahrer des Kleinbusses mit dem farbenfro-
hem Aufdruck "Senioren-Paradies-Reisen":
Da sind Sie ja endlich, Frau Niemöller. Hat
sich noch etwas ergeben, das ihren Ent-
schluß ändern könnte?

Oma: Nein, ganz im Gegenteil. Ich bin mir jetzt völlig sicher.

Fahrer: In Ordnung. Dann unterschreiben Sie doch bitte noch einmal hier. Nur eine juristische Formalität, nichts weiter. Wir gehen vor wie besprochen.

Oma: Ich bin bereit.

Fahrer: Dann sollte es jetzt auch schnell gehen. Ich hoffe, es wird für Sie den Umständen entsprechend angenehm.

Oma: Das hoffe ich auch. Ich fühle mich jetzt schon ganz leicht.

Fahrer: Am Zielort wird Sie eine unserer Mitarbeiterinnen diskret in Empfang nehmen. Sie können sich darauf verlassen, daß alles nach Ihren Wünschen für Sie vorbereitet ist. Und wir garantieren, daß über Ihren Verbleib absolute Diskretion gewahrt wird.

Oma: Ich habe vollstes Vertrauen in Ihre Organisation. Und ich bin immer noch froh, daß Sie damals an mich herangetreten sind, als mein Sohn sich die Unterlagen für das Senioren-Sterbehilfeprogramm "Aufrecht heimgehen" beschafft hat.

Fahrer: Wir sehen es als unsere Pflicht an, den Hilflosen zu helfen, Frau Niemöller. Manche Dinge dürfen einfach nicht ohne Konsequenzen bleiben.

Oma: Der Meinung bin ich auch.

Fahrer: Schon in wenigen Tagen werden wir die Familie Ihres Sohnes über ihre Enterbung informieren. Auch eine Räumungsklage im Hinblick auf das Haus ist bereits vorbereitet.

Oma: Schade, daß ich die Gesichter nicht sehen kann.

Fahrer: Wenige Tage später werden die Anzeigen wegen Steuerhinterziehung und Versicherungsbetrug bei der Polizei eingehen. Unsere Anwälte sehen aufgrund Ihrer eingehenden Kenntnisse der Familienfinanzen die Verurteilung zu einer erheblichen Geldstrafe als sicher an.

Oma: Meinem Sohn war es eben sogar zuviel, sich noch einmal ans Telefon zu bemühen, bevor mich, wie er es gestern meiner Schwiegertochter gegenüber formulierte, der Abdecker holt.

Fahrer: Frau Niemöller, Sie glauben nicht, was ich in dieser Richtung alles erlebt habe, seit ich für unsere Organisation unterwegs bin. Ich sage immer, auf einen groben Klotz gehört ein grober Keil. Nächste Woche erscheint der Zeitungsartikel über Ihre Schwiegertochter, die alte Menschen mit Handikaps gegenüber der Nachbarin wiederholt als "Wohlstandszombies" und "Kleinfamilienschrott" bezeichnete. Somit dürfte Ihren Angehörigen sozial und materiell verdientermaßen eine schwierige Zeit bevorstehen.

Oma: Und das, obwohl Oma, die schon immer an allem schuld war, als Blitzableiter nicht mehr zur Verfügung steht.

Fahrer: Sowas kommt eben von sowas. Daß Sie da ein Zeichen setzen wollen, Frau Niemöller, finde ich mehr als angemessen. Und wegen Ihres Appartements in der betreuten Wohnanlage auf Mallorca kommen wir später noch auf Sie zu, damit Sie sich erstmal in Ruhe akklimatisieren können. Vielleicht möchten Sie dann lieber auf einem anderen Teil der Insel -

Oma: Wir werden sehen. Doch nun fahren Sie. Wir wollen doch meinem liebevollen Sohn und meiner sensiblen Schwiegertochter die Gewissensnöte ersparen, mitanzusehen, wie Oma ihre letzte Reise antritt.

Über die Autorin

 Brigitte Plath wurde 1960 in Hamburg geboren, studierte Psychologie und Sport und hat sich neben dem Schreiben intensiv mit verschiedenen Kampfkünsten auseinandergesetzt. Der in beiden Disziplinen präsente Gedanke, mit wenig Aufwand größtmögliche Wirkung zu erzielen, hat die Autorin schon immer fasziniert. Daher gilt ihr schriftstellerisches Interesse neben dem Verfassen von Kurzgeschichten vor allem dem Gedicht.

Dem vorliegenden Buch ging 2016 der Gedichtband "Federfang - Satire- und Erzählgedichte" voraus.

Brigitte Plath lebt und arbeitet in einem kleinen Dorf in Dithmarschen, Schleswig-Holstein. Zahlreiche ihrer Arbeiten sind in der elektronischen Zeitung "Schattenblick" veröffentlicht.

Brigitte Plath

Federfang

Satire- und Erzählgedichte

"Können die nicht Frieden halten?",
sagt Herr Schulz zum Zeitungsrand
und versucht sein Ei zu spalten
mit dem Messer in der Hand ...
(aus: Blutwurstfrieden)

Beklemmend alltäglich und dabei voller
Überraschungsmomente leben
die Satiregedichte von Brigitte Plath
nicht vom Kalauer, sondern
von treffend geschilderten
Zwischenunmenschlichkeiten.
Die Erzählgedichte
geleiten den Leser sowohl in
abenteuerlich-finstere Regionen
als auch an malerische Orte.

Brigitte Plath
Federfang
Satire- und Erzählgedichte
Taschenbuch
Preis 9,70 €
ISBN/EAN: 978-3-925718-36-6

Helmut Barthel

Ein Tag wie morgen

Kleine Geschichten

- *Der Gau*

- *Gleiches Licht für alle*

- *Die Idiotenwiese*

- *Kommdu*

- *Warum ist Bodhidharma nach China gekommen?*

- *Die Nacht*

- *Langeweile*

- *Um 10:00 Uhr irgendwo in Deutschland*

- *Firmenkondolenz*

Helmut Barthel
Ein Tag wie morgen
Kleine Geschichten
Paperback
Preis 9,00 €
ISBN/EAN: 978-3-925718-37-3

FSC
www.fsc.org

MIX

Papier | Fördert
gute Waldnutzung

FSC® C083411

Zeitfracht Medien GmbH
Ferdinand-Jühlke-Straße 7
99095 Erfurt, Deutschland
produktsicherheit@kolibri360.de